LA

JOLIE FILLE

DE PARIS.

SOUS PRESSE,

DU MÊME AUTEUR.

LE PREMIER PAS...... 4 VOL.

LE MARI DE PARIS.... 4 VOL.

LA COQUETTE.......... 4 VOL.

IMPRIMERIE DE A. HENRY,

RUE CÎT-LE-CŒUR, 8.

LA
JOLIE FILLE
DE PARIS,

Par M. Arsène de Cey,

AUTEUR DE LA FILLE DU CURÉ, DE JEAN LE BON APÔTRE,
ET DE SAGESSE! OU LA VIE D'ÉTUDIANT.

Deuxième Édition.

TOME QUATRIÈME.

PARIS,

POUGIN, QUAI DES AUGUSTINS, 49.
CORBET, QUAI DES AUGUSTINS, 61.

1836.

LA

JOLIE FILLE

DE PARIS.

CHAPITRE PREMIER.

COLÈRE. — DÉSOLATION.

La certitude de l'enlèvement de Clotilde répandit la consternation parmi nos différens personnages. Madame Poulet se trouva mal. Son mari se prit à pleurer. Ursule et M. Darancourt allaient, venaient,

T. 4.   I

couraient, criaient, sans savoir que décider et que faire.

Mais de tous les acteurs de cette scène, le plus à plaindre était le malheureux Anatole : à sa douleur se mêlait le repentir, le remords. Tous ces malheurs venaient de lui ; les tentatives de Derbain seraient demeurées sans résultat, sans sa participation fatale ; c'était lui qui avait trahi sa mère, c'était lui qui déshonorait, qui prostituait sa jeune sœur.

La raison du pauvre jeune homme résistait avec peine à tous les maux qui l'entouraient, à ces maux qu'il avait causés. Il y avait dans son désespoir de l'égarement, du délire ; chacun de ses sentimens se faisait jour par des imprécations. Peu lui importait la présence de l'ombrageux M. Poulet, il ne voyait rien que sa mère, dont il couvrait les mains de baisers et de larmes, en demandant pardon d'une voix brisée par les sanglots.

Madame Poulet, toujours évanouie, ne pouvait s'opposer à ces élans d'une tendresse inopportune ; il est vrai que son mari, trop préoccupé d'abord, ne les remarquait pas, mais bientôt il commença à s'apercevoir que cet hôte inconnu, agenouillé près de sa femme, lui embrassait, lui caressait les mains. C'est là une de ces choses qu'un homme de son caractère ne saurait endurer.... Aussi le vit-on croiser ses bras sur sa poitrine, se dresser sur ses pieds ; et, immobile, l'œil fixe, le poing contracté, écouter, observer, tout prêt à s'élancer sur sa proie, heureux qu'il eût été de trouver sous sa main un coupable qui pût payer pour tout le monde.

Quelque vive que fût son attention, elle n'égalait pas, cependant, celle d'un autre témoin de cette scène. M. Darancourt était là, pâle, béant, l'œil fixe, le cou tendu.... Il regardait tour à tour madame Poulet évanouie et le jeune homme qui la nommait sa mère. Tantôt il faisait un mouvement comme s'il eût voulu s'élancer auprès d'eux; tantôt il jetait un regard soupçonneux sur le maître de la maison, et alors, par un violent effort de volonté, il reculait de quelques pas et se condamnait au silence.

Ursule, le visage caché dans ses

mains, appelait sa sœur absente, pleurait et ne remarquait rien.

Cependant Madame Poulet reprit insensiblement connaissance. Son premier regard tomba sur Anatole et son œil étincela ; elle ouvrit ses bras avec un mouvement passionné et un mot sortit avec explosion de sa poitrine :

— Mon fils !... ô mon fils, s'écria-t-elle.

— Son fils ! répéta M. Poulet d'une voix sourde.

— Son fils ! dit aussi M. Darancourt dont les joues se couvraient de larmes.

Cette dernière exclamation, la voix qui l'avait prononcée, attirèrent l'attention de Madame Poulet ; elle porta les yeux sur celui qui venait de la faire entendre, et sou-

dain, tressaillant de tous ses mem.
bres, se dressant comme un fantô-
me, elle fixa un regard épouvanté
sur le vieux Darancourt qui tremblait et s'enfonçait dans l'ombre.

Edouar.!.. Edouard Derbain !...
s'écria-t-elle, lui !... sous le toit de
mon mari ... lui...! lui ...! devant
ses trois victimes. ...

— Louise ...dit le vieillard d'une
voix à peine articulée, Louise....
pardonne-moi, car je suis bien
malheureux..... va! le coupable est
plus à laindre encore que ses victimes, ô Louise! car ils ont chacun
une conscience qui console ou qui
punit ... mais ce jeune homme,
Louise ... ce jeune homme que
vous nommez votre fils ... ce jeune
homme ...

— Ce jeune homme !... dit Madame Poulet avec égarement, ce jeune homme !... hier encore il mouillait de pleurs amers le pain sec qui le nourrissait dans son grenier... ce jeune homme !... hier encore il maudissait les parens qui l'avaient abandonné...; hier encore il demandait le nom de son père pour pouvoir dire sur lui anathème et malédiction ! Eh bien ! qu'il le dise donc maintenant ... qu'il te maudisse, Édouard ! car je lui dirai, moi: Anatole !...voici ton père !....

A cette déclaration, Anatole fit un mouvement pour se jeter aux genoux d'un homme qui le touchait de si près, mais M. Poulet ne lui en laissa pas le tems.

— Eh ! que suis-je donc, moi, dans tout cela ? dit-il, dans une at-

tidude très-dramatique. Tonnerre !
que signifie tout cela !... ce sont de
mauvaises plaisanteries... qu'est devenue ma fille ? Qu'est-ce que c'est
que ce fils qui me tombe ainsi des
nues ?... il ne suffit pas de regarder bêtement..., il s'agit de me répondre.... Parlez... parlez sur-le-
champ... ou sinon... Tonnerre du
bon Dieu! vous verrez ce qui arrivera.

— Édouard, dit Madame Poulet
d'une voix suppliante, Édouard ...
vous avez commencé ma perte...
voulez-vous donc la consommer!...
de grâce ... retirez-vous.

— Édouard ! Édouard Derbain !
reprit M. Poulet, c'est le nom de
l'homme qui a couché avec ma femme et qui m'a ...! suffit..., Pourquoi parlez-vous tous deux de cet
individu ?... Est-ce une plaisan-

terie? elle est mauvaise, je vous en avertis...; d'abord, parce qu'elle rappelle des choses assez peu agréables pour qu'on cherche à les oublier; ensuite parce que je sais que Monsieur que voilà, s'appelle Darancourt et non pas Derbain, et qu'ainsi ...

— Eh! Monsieur....., s'écria l'homme que Madame Poulet nommait Édouard et qui paraissait enchanté de voir le mari jaloux prendre les choses du bon côté; eh Monsieur! ne voyez-vous pas que les paroles de Madame sont inspirées par le désespoir.

— Malédiction! Sa fille est un peu la mienne, je crois ..., mais vous avez un neveu, vous, Monsieur ... le vicomte Darancourt... celui qui me ravit Clotilde .. pour-

tant vous me disiez de ne rien
craindre ..., que vous veilleriez sur
ses actions ...; voyons..., qu'est-ce
que vous avez fait, Monsieur ?
Qu'est-ce que votre neveu a fait
de ma jeune femelle ?

— Je me suis trompé, Monsieur,
dit M. Darancourt en baissant la tête
avec humilité, je croyais mes mesures bien prises ; je n'avais pas compté
sur un malheureux hasard qui
m'a fait perdre une heure ; sur l'é-
trange incident qui nous a em-
pêchés de mettre opposition à la
fuite du coupable.

— Et bien , Monsieur ! s'il est
parti, l'oncle payera pour le neveu... je vous tiens, je vous garde...
nous verrons , demain matin , si le
vicomte ne viendra pas vous délivrer.

—Et pendant que vous me retiendrez ici, votre fille, votre fille sans défense, restée seule avec un libertin...

— Tremblement du ciel! oh! femelles! femelles! à quoi êtes-vous donc bonnes, mon Dieu! si ce n'est à damner les mâles qui veulent vous caresser et ceux qui ne veulent pas qu'on vous caresse!...

Et en achevant ces exclamations, M. Poulet, désespéré, se laissa tomber presqu'anéanti dans un fauteuil.

Pendant ce tems, la pauvre Madame Poulet, en proie aux sentimens les plus divers, les plus tumultueux, fixait des yeux effrayés tantôt sur l'homme jadis trop aimé qui lui apparaissait comme une vision fatale, tantôt sur le

mari soupçonneux, jaloux, violent, qu'elle voyait haleter à quelques pas. La pauvre femme, au milieu de ses craintes, trouvait encore
un sourire pour apprendre à Anatole que sa présence la rendait
heureuse; puis l'image de Clotilde,
de Clotilde échevelée, sanglante,
de Clotilde entraînée par des ravisseurs infâmes, lui aparaissait
tout-à-coup ; alors elle se levait,
furieuse, elle parcourait à grands
pas l'appartement, et criait de
toute la puissance de ses poumoms :

— Ma fille ! ma fille !.. malheureux ! rendez-moi donc ma fille ?

— Que faisons-nous ici , Messieurs ? dit Anatole, au nom de
Dieu ! Messieurs ..., suivez-moi...
le ciel est juste ... nous sauverons
l'innocence!

—Il a raison, dit Darancourt...,
poursuivons les infâmes, allons,
Messieurs! suivez-moi..., du courage!...

— En avant! en avant! cria
M. Poulet, en agitant son grand
sabre; et les trois hommes s'élan-
cèrent en courant dans la rue.

CHAPITRE II.

EXPLICATIONS. — L'AMOUR D'URSULE.

PLUSIEURS jours se sont écoulés depuis les événemens qui terminent le chapitre qui précède. Rien n'est changé , cependant ; toutes les démarches , toutes les recherches ont été inutiles ; Clotilde n'est pasretrouvée.

Pourtant M. Poulet avait été vigoureusement secondé par M. Darancourt et Anatole. Tous trois n'avaient pas cessé de battre le pavé ; ils avaient prodigué leurs soins, leurs peines, leur argent : tout avait été inutile. Vidoc, Vidoc lui-même, Vidoc grassement, généreusement payé n'avait rien pu découvrir.

Or, le soir de ce huitième jour, chacun des trois personnages que nous venons de nommer, séparés l'un de l'autre pendant tout le jour, afin de diriger les recherches sur un plus grand nombre de points, revenait à son tour auprès de madame Poulet qui attendait impatiemment des nouvelles. Mais, hélas ! leur physionomie, triste, abattue, annonçait d'avance à la malheureuse mère que cette journée avait été perdue comme les autres, que Clotilde ne lui serait pas encore rendue.

Il y avait quelque chose de lugubre dans l'attitude des personnes qui se trouvaient réunies dans le salon.

Ursule, retirée dans un coin obscur, la tête cachée dans ses mains, songeait à sa sœur bien aimée, et faisait de violens efforts pour étouffer des sanglots qui auraient réveillé trop vivement la douleur de sa mère.

Celle-ci, pâle, amaigrie, les yeux rougis par les larmes, le corps plié en deux sur le fauteuil dans lequel elle se tenait, pour ainsi dire accroupie, avait écouté avidement le récit de tout ce qui

avait été fait pendant la journée ;
puis, quand tout fut dit, quand
elle devina que les paroles qui seraient encore prononcées n'auraient plus aucun rapport avec
l'enfant qu'elle pleurait, elle laissa
graduellement tomber sa tête, ses
bras pendans descendirent le long
de son corps; elle demeura inat-
tentive, froide, inanimée.

Le chagrin et les fatigues avaient
aussi produit leur effet sur le vigoureux M. Poulet. Le pauvre
homme avait perdu une assez forte
portion de l'embonpoint qui le
rendait, disait-il, si respectable ;
ses paupières étaient gonflées, et,
malgré tous ses efforts, on voyait
de tems en tems une larme furtive
glisser le long de sa joue.

Anatole éprouvait, lui, une

4.

1.*

douleur moins résignée ; s'il promenait ses regards sur les tableaux désolans dont il était entouré, on devinait à ses mouvemens brusques, à la contraction de ses muscles, à sa marche précipitée, que le cœur d'un jeune homme ardent battait dans sa poitrine, et que la délivrance de Clotilde ne serait pour lui que la moitié de sa tâche, qu'il fallait aussi que le forfait du ravisseur, s'il pouvait jamais l'atteindre, fut expié dans son sang.

M. Darancourt, plus accoutumé à la douleur, dissimulait mieux ses émotions ; pourtant elles étaient bien profondes et bien vives !

— Ma famille est-elle donc prédestinée à la ruine de cette malheureuse ? pensait-il en jetant un triste regard sur la pauvre madame

Poulet. Mon crime lui a ravi ses
riantes illusions de jeune fille ;
celui de mon neveu lui enlève la
consolation de son âge mûr, les
espérances de ses vieilles années...
Y a-t-il donc une fatalité qui nous
pousse, une destinée qui nous entraîne inévitablement à notre perdition !... Quel singulier rapport
de circonstances !... Autrefois, pour
réussir auprès de sa mère, je me
cache sous un faux nom ; j'emprunte celui de mon beau-frère,
du père de mon neveu.... Aujour-
d'hui, pour tromper sa fille, voici
que ce neveu emprunte mon nom
à son tour... O mon Dieu ! croyais-
tu donc que mon crime ne fût pas
assez expié par les larmes, par les
remords d'une vie tout entière ?...
Fallait-il donc étendre le châti-

ment jusque sur ma vieillesse, jusque sur la femme innocente qui
fut ma victime et non pas ma
complice, jusque sur la vierge
qui ne connut jamais mon forfait?..
Malheureuse Louise!... le ciel lui
donna deux enfans... un fils, une
fille.. L'un est sous ses yeux, sans
qu'elle puisse le reconnaître, sans
qu'il lui soit permis de l'embrasser... L'autre qu'elle pouvait mon-
trer à tous, car elle était bénie du
ciel, protégée par les lois, l'autre
lui est enlevée, arrachée devant
moi, quand j'avais dit à son père
que je veillais, qu'il n'avait rien à
craindre... Et ce père, ce père lui-
même.... combien n'ai-je pas de
torts envers lui...: s'il découvrait
tout à coup que cet Édouard Derbain qui souilla celle qui devait

être son épouse; que cet homme qu'il doit haïr comme le fléau de sa vie ; que cet homme est là.... sous son toit... devant lui... qu'il n'est autre que ce Darancourt qu'il accueille comme un ami.... Qu'arriverait-il , ô mon Dieu ?.... Malheureuse Louise ! ta perte serait consommée , car on te croirait ma complice.... Non.... non... il n'en sera pas ainsi... Une première dissimulation a amené trop de malheurs.... prenons un parti , il le faut.

Et, en achevant ce monologue, M. Darancourt se leva , alla se poser devant M. Poulet; et, mettant une main sur son épaule :

— Monsieur, lui dit-il , il est dans le monde un homme que vous devez beaucoup haïr ?...

— Qui? Monsieur.

— Édouard Derbain !

— Monsieur !.... Monsieur !....
voilà un nom qui ne doit jamais
être prononcé devant moi...

— Et pourtant, Monsieur, pourtant si cet homme, dont vous ne
pouvez entendre le nom , si cet
homme se montrait tout à coup à
vos yeux, vous disait : Me voilà ,
Monsieur... Je fus bien coupable ;
mais ma faute a été lavée par mes
larmes.... Pardonnez-moi , Monsieur , car je suis bien à plaindre ;
pardonnez-moi , car le pardon de
l'offensé doit précéder celui de
Dieu .. Si cet homme... si Édouard
Derbain, agenouillé devant vous ,
vous tenait ce langage... que feriez-
vous, Monsieur ?

— Je... je le poignarderais.

— Eh bien ! frappez donc , dit M. Darancourt , car cet homme est devant vous... je suis Édouard Derbain......!.

A ces mots , M. Poulet recula comme s'il eût marché sur un serpent.

—Édouard Derbain ! chez moi !... dans ma maison !... près de ma femme!!... oh! c'est trop hardi !... c'est trop fort !... c'est trop m'affliger , mon Dieu ! dit-il d'une voix sourde en se laissant retomber avec abattement dans son fauteuil.

Mais, tout à coup, frappé par une idée nouvelle :

— Infamie ! s'écria-t-il, ô mon Dieu !... Ce jeune homme... ce jeune homme que ma femme appelait son fils... que mon rival regardait avec tendresse... Tremblement de l'univers !.. si depuis mon mariage.., si !... si !!... si !!!...

Et, se levant avec la rapidité de l'éclair, il s'élança sur M. Darancourt qui n'était pas sur ses gardes, le renversa sur le plancher , mit un genou sur sa poitrine ; et là , les lèvres tremblantes , la bouche écumeuse , les yeux hagards ; il commença un interrogatoire accompagné de coups de poings. Mais madame Poulet , ne laissant pas à Anatole le tems de s'interposer , s'élança sur son mari , l'entoura de ses deux bras , et , baignant sa figure de larmes abondantes , de larmes amères :

— Grâce.., pardon.., s'écria-t-elle ; tu sauras tout... ne le tue pas..; grâce.., grâce.., depuis mon mariage je ne l'ai pas revu.

Ces paroles, le désespoir de celle qui les prononçait, l'attitude soumise de M. Darancourt qui ne faisait rien pour se défendre, calmèrent un peu M. Poulet; il se releva et fit signe à son épouse de commencer les aveux qu'elle venait de promettre.

La pauvre femme allait parler, mais elle aperçut Ursule qu'on avait oubliée pendant toute cette scène et qui avait entendu sans le vouloir, des choses qui n'étaient pas faites pour ses oreilles virginales. Madame Poulet la montra d'un coup d'œil et son mari se leva, prit Ursule par la main et la conduisit dans une pièce voisine.

Cela fait, M. Poulet qui avait de l'ordre, trouva que ce n'était pas assez. Anatole était là. Ce qu'on avait à dire ne le regardait pas; il le traita comme sa fille.

Nous savons déjà, lecteur, ce que madame Poulet doit révéler à son mari... la pauvre femme lui avait bien avoué, avant son mariage, la faute qu'elle avait commise, elle lui avait bien avoué qu'un enfant était né de cette faute; mais, par les conseils de M. Darancourt, elle lui avait caché l'existence de cet enfant, elle avait laissé penser qu'il était mort. M. Poulet s'attend à beaucoup plus fort que cela, il ne se montrera probablement pas très-méchant, et la douceur et la résignation de M. Darancourt rendront impossible toute scène sanglante; ainsi, tranquilles comme nous devons l'être, sur les suites probables de cet entretien, nous accompagnerons les deux jeunes gens dans l'appartement où M. Poulet vient de les renfermer.

Ursule, depuis l'enlèvement de sa sœur, avait à peine vécu. Accoutumée, sinon à une existence bien gaie, du moins à une vie calme et tranquille, les tragiques événemens qui venaient d'assaillir sa famille avaient fait sur elle une violente impression. Son jeune courage avait faibli devant la disparition de sa sœur, la douce, la charmante compagne de sa vie. Les cris de son père, la terreur de sa mère venaient de lui révéler qu'il y avait plus que des malheurs dans sa famille, qu'il y avait aussi des fautes; et, ces fautes, sa conscience timorée les qualifiait tout bas de crimes. Cette découverte augmen-

tait toutes ses douleurs, des larmes
amères coulaient de ses yeux, et sa
poitrine délicate, soulevée par les
sanglots, vagissait sous le fichu léger dont elle était couverte.

Anatole, debout devant elle, eût
bien voulu lui adresser quelques
mots consolans, mais il sentait que
des paroles ne pourraient rien sur
de pareils chagrins; il regardait,
pleurait, et se taisait.

Ursule ignorait qu'elle eut un témoin de ses larmes; plusieurs minutes s'écoulèrent ainsi. Elle leva
les yeux tout à coup, et, aperce-
vant le jeune homme, une vive
rougeur se répandit sur ses joues.

— O Monsieur!... Monsieur!...
S'écria-t-elle, vous avez tout entendu... je vous en prie, n'allez pas
nous mépriser.

Anatole prit une petite main qu'on lui tendait, il la serra respectueusement dans les siennes, mais il ne répondit pas. Hélas! Qu'aurait-il répondu? Lui aussi avait à rougir; il portait, lui aussi, une tache sur le front.

Ursule attendait un mot de consolation, une réponse rassurante; n'entendant rien, elle leva les yeux, et, voyant Anatole baisser la tête et pleurer, elle se rappela les paroles échappées à M. Darancourt, à sa mère; alors sa petite tête travailla, conjectura, devina.

— Monsieur, dit-elle de cette voix douce qui allait au cœur, M. Anatole, nous sommes bien malheureux!

— Oh! oui, bien malheureux! Mais vous, vous du moins, made-

moiselle, vous n'avez à vous reprocher ni étourderie, ni crime, c'est
là une consolation puissante! tandis que moi... Hélas! vous ne le
savez que trop, c'est moi qui ai
perdu Clotilde.

— Vous ne saviez pas alors
qu'elle était votre sœur, dit vivement Ursule, dont le bon cœur
cherchait une justification pour
son compagnon d'infortune.

— Qu'importait cela, bon Dieu,
c'était un ange, je devais la respec-
ter et je l'ai livrée au démon....
Ma sœur! Ma mère!.. noms chéris!
quand je puis enfin les adresser à
des parentes, je me suis rendu indigne de les prononcer jamais.

— Votre sœur est ma sœur, votre mère est presque ma mère...
Anatole, vous êtes aussi mon frère.

Ces mots qui le frappaient pour
la première fois le firent tressaillir;
il leva sur la jeune fille un œil
brillant de tendresse et de recon-
naissance, mais sa paupière s'a-
baissa presque sur-le-champ; il
laissa retomber la petite main qu'il
approchait de ses lèvres : ces mots
si doux, ces mots si désirés lui pa-
raissaient froids maintenant.

— Mademoiselle..., dit-il d'une
voix lente et solennelle.

— Mademoiselle!.. reprit Ursule
avec l'accent du reproche, quoi!
Monsieur, vous ne voulez donc pas
de moi pour votre sœur.

— Eh! pourquoi me dirais-je
donc votre frère? les liens du sang
ne nous unissent pas. Ah! Mademoiselle, il y a bien peu de jours,
j'étais seul, tout seul dans le monde

et voilà que, maintenant, j'ai une mère telle que mon cœur l'avait rêvée, telle que ma raison l'aurait choisie ; un père, qui fut coupable autrefois sans doute, mais qui est bon et aimant car il se repent et il pleure... Une sœur, une sœur bien aimée, qui me sera rendue bientôt, car le ciel est juste et nous l'invoquons avec larmes....

—Vous le voyez, Mademoiselle, de ce qui fait le bonheur des hommes, de tout ce qui leur crée un paradis sur la terre, il ne me manque qu'une chose ; une amie. Oh! mademoiselle, soyez-la, cette amie.... Ursule ! Qu'un seul jour me donne à la fois tous les biens de ce monde. Ursule !.. Vous dont le cœur est si bon, ayez pitié de moi, ne m'appelez plus votre frère.

La jeune fille avait écouté avec attention ; on ne lisait d'abord dans ses regards que de la bienveillance, de l'attendrissement ; mais quand elle vit rejeter l'offre de son amitié fraternelle, et demander un sentiment plus vif, un sentiment inconnu ; mais dont les malheurs de sa mère et de sa sœur lui apprenaient les dangers, elle se leva avec dignité, et, saluant poliment mais avec réserve, elle s'éloigna sans mot dire.

—Dieu ! je l'ai offensée, s'écria Anatole. Oh ! vous aurez pitié de moi... pitié de mon audace... pitié de ma folie... car la joie et les pleurs, le désespoir et le bonheur ont bouleversé ma tête...je ne sais plus ce que je fais.

Ursule vit la pâleur et le tremblement du jeune homme, et ju-
geant que son repentir était sincère, elle consentit à reprendre sa
place auprès de lui. Cette conduite
était naturelle à son âge ; mais, en
agissant ainsi, elle prouvait qu'elle
ne connaissait pas les hommes. La
concession qu'elle faisait était con-
ditionnelle ; il était sous-entendu
que l'on ne parlerait plus d'amour ;
cependant, au bout de peu de minutes, la conversation roulait de
nouveau sur ce chapitre délicat.

— O ! Ursule... disait Anatole,
si vous saviez combien ma vie a
été vide et amère... Si vous saviez
combien, dans les songes de mon
sommeil, dans les rêveries de mes
veilles, je désirais une femme à
aimer, un ange à adorer sur la

terre... Seul, tout seul... en proie au malheur présent... Tremblant devant les malheurs à venir, je n'avais pas de regards pour ces femmes qui passaient, dédaigneuses, auprès d'un malheureux.....
Mon cœur, ce cœur neuf à toute sensation douce, ce cœur vierge et pur comme votre âme, n'est pas indigne de vous... O! Ursule... Ursule!... si vous ne pouvez m'aimer un peu, du moins, je vous en conjure, laissez-moi vous voir quelques fois..... du moins.... du moins, ne me fuyez pas encore.

Anatole, en ce moment, éprouvait réellement ce qu'il avait cru resentir auprès de madame Poulet. Son émotion intérieure donnait à ses yeux un brillant, à sa voix une vibration pénétrante qui prou-

vaient clairement à la jeune fille
que les mots qu'elle entendait
étaient sincères. Cette découverte
était douce, cependant elle entraî-
nait après elle des inconvéniens,
des dangers.... La raison, cette
raison sévère qui avait été jusque
là le guide de toutes ses actions,
parlait moins haut maintenant;
le cœur imposait silence à l'esprit;
elle se taisait, rougissait, baissait
les yeux, ne voulait plus fuir, et
pourtant ne voulait pas rester. Elle
était fort embarrassée.

— Monsieur... ô Monsieur! dit-
elle enfin; finissez... taisez-vous,..
je vous en prie... Ces sentimens sont
si nouveaux.... ils ont grandi si
vîte que... que je ne veux pas... je
ne dois pas...

— Ursule... faut-il donc si long-

tems pour vous aimer!... Mais,
d'ailleurs, ce n'est pas dans une
seule journée que l'amour peut ar-
river au degré de passion où le
mien est parvenu..... Voilà huit
jours que je vous vois, Ursule....
huit soirées qui s'écoulent auprès
de vous... Depuis huit soirées mes
yeux vous contemplent, mon esprit vous étudie.., toutes mes fa-
cultés se réunissent pour vous ad-
mirer, vous adorer...

— Silence! au nom de Dieu,
silence! un pareil entretien est criminel. Anatole, si... si vous m'aimez un peu.... je vous en prie...
finissez.., retournons au salon...

— Eh! que craignez-vous donc
près de moi! Si j'osais vous man-
quer de respect, ne serait-ce pas

vous dire : Ne m'aimez pas !... Ne croyez pas à mon amour !

— Non... Anatole, je vous crois sincère... je crois que... que vous m'aimez.... que vous me respecterez... Mais, mon ami... cette assurance suffit-elle pour vous faire écouter ?... Qui sommes-nous, sinon des enfans soumis à d'autres volontés que les nôtres.... Je ne puis... je ne veux pas vous répondre avant que nos parens...

— Nos parens !... ils verront notre amour ; pourraient-ils vouloir nous rendre malheureux ?...

— Mon père veut, avant tout, s'allier à un gendre noble, et vous... vous, Anatole...

— Hélas ! je ne suis qu'un roturier..... je ne suis qu'un bâtard...

— Il aime l'argent... il voudra trouver de la fortune...

— Et je ne suis qu'un misérable....

—Vous voyez donc bien que nous aimer serait folie.

— Non.., non.., ce n'est point pour me tenter et me perdre que Dieu mit cet amour dans mon cœur... Les obstacles sont grands ; ils sont immenses ; mais une volonté ferme, un cœur courageux peuvent vaincre toutes les difficultés, renverser toutes les barrières... Je suis jeune ; on ne me conteste pas quelques talens... Parlez, Ursule... ô mon Ursule.., dites-moi seulement : *Je t'aime... je t'attendrai pendant un an...* Et moi, Ursule, moi, après avoir entendu à

genoux ces douces paroles... je
partirai ; et d'ici à douze mois, ma
mort vous aura déliée de vos pro-
messes, ou bien vous me reverrez
à vos pieds, riche, honoré, digne
d'être nommé votre époux.

Ursule pleure à chaudes larmes
en écoutant ces paroles, et elle
abandonne une de ses petites mains,
tandis que de l'autre elle voile son
beau visage.

La pauvre petite était bien émue,
bien embarrassée... Son cœur lui
disait : *Parle*... La raison lui disait : *Tais - toi*.... Tremblante,
rouge, palpitante, elle hésitait,
soupirait et se taisait encore ; mais
le combat était rude et ne pouvait durer longtems, quand la
porte, s'ouvrant tout à coup, li-

vra passage à M. et madame Poulet, et à M. Darancourt.

Tous trois s'arrêtèrent à la fois
en voyant Anatole aux pieds d'Ursule.

— Ah! dit M. Darancourt avec
exclamation, le ciel voudrait-il
donc réparer une partie des maux
que j'ai causés!

— Bon! dit M. Poulet, voilà la
première fois qu'une femelle fait
de bonne volonté ce qu'on désire
d'elle... C'est peut-être parce qu'on
ne le lui avait pas demandé.

— Mes enfans!.... mes deux enfans, dit madame Poulet dont les
yeux, encore rouges de larmes,
étincelaient de joie.

Anatole devina; il tomba aux
genoux de ses parens.

4.   2 *

Ursule, plus rouge que jamais,
s'enfuit de l'appartement, toute
confuse...

Elle avait aussi compris.

CHAPITRE III.

LUPANAR.

PENDANT que les choses prennent une meilleure tournure dans la maison de M. Poulet, nous allons revenir à Clotilde que nous avons négligée trop long-tems.

La pauvre enfant, évanouie, sans connaissance, était entraînée, à son insu, loin du toit paternel.

Au bout de quelques minutes, le grand air, le mouvement, la rappelèrent à la vie. Elle ouvrit les yeux et se vit entre les bras de deux hommes qui marchaient avec rapidité. Une femme les précédait de quelques pas.

— Où suis-je? demande-t-elle... ma mère !.. ma mère !... où est ma mère?...

— Silence ! silence ! dit une voix qu'elle ne connaît pas.

La pauvre petite, sérieusement effrayée, regarde en vain les personnes qui l'entraînaient ainsi. La nuit est sombre ; elle voit ses ravisseurs comme d s fantômes, et distingue seulement, à la lueur de lointains réverbères, des rues étroites, un quartier désert.

— Où suis-je ?... où me conduisez-vous ?... Qui êtes-vous ? demande-t-elle d'une voix que la peur rend entrecoupée, tremblante.

Elle se tait pour écouter la réponse, mais ses ravisseurs n'ont pas de tems à perdre en paroles ; ils avancent toujours sans mot dire.

Ce silence lugubre, ces physionomies sombres, ces rues dépeuplées, cette fuite rapide, redoublent son effroi.

— Au secours ! au secours ! crie-t-elle d'une voix perçante, et ses cris aigus, ces cris désespérés retentissent au loin au milieu du calme de la nuit.

— Malédiction ! dit un des ravisseurs, ces clameurs-là vont nous perdre.

— Mettez lui un mouchoir sur

la bouche , dit la femme qui les précède.

— Non..., non..., dit Clotilde en agitant avec force ses membres frêles... Je me défendrai..., je crierai... Arrêtez !... au secours ! au secours ! à la garde ! à l'assassin ! !.

— Maladroits ! dépêchez-vous donc !

— Elle se défend... Elle mord..

— Vous la ménagez parce qu'elle est femme... Otez-vous..., j'aurai plus tôt fait.

Un nouveau cri , mais un cri de douleur cette fois, échappe à la pauvre Clotilde. Deux mains , deux mains brutales, quoiqu'elles soient celles d'une femme, viennent de se poser sur elle. L'une l'a saisie par ses cheveux qu'elle tire avec force, l'autre s'est emparée d'un de ses bras qu'elle tord.

— O! mon Dieu... que vous me faites mal ! ayez pitié de moi, dit la pauvre petite en sanglottant.

Les ravisseurs s'arrêtent un instant, mais par crainte et non par compassion.

— Chut! disent-ils, quelqu'un approche.

— Halte-là ! qui vive? cria une voix forte, et soudain on entendit des pas lourds et pesans retentir sur le pavé.

— Une patrouille... sauvons-nous !

— O je te remercie, mon Dieu ! murmure Clotilde.

— Et cette enfant .... la laisserons-nous dans la rue? dit Maurin, en jetant un regard sur Clotilde, qui gisait sur un trottoir.

— La patrouille la ramènera chez ses parens.

— Oui... quand elle aura passé la nuit au violon avec des escrocs et des filles.

— Qu'est-ce que cela nous fait? dit Jeannette.. mais.. non.. non.. demain elle retournerait chez elle et nous dénoncerait.

— Et je sais assez de droit pour avoir appris que le rapt d'une mineure est puni par les travaux forcés.

— Imprudens! où m'avez fourré! dit Maurin en frappant du pied.

—Il faut nous sauver pourtant... et comment le faire avec cette chipie-là? dit Jeannette. Bah! dites

denc... la Seine est là..., un plon-
geon est bientôt fait...

— Scélérate! dit Maurin, en re-
poussant la bonne qui se penchait
déjà pour enlever Clotilde.

— Non... non..., dit Derbain,
qui avait tressailli, mais qui, rou-
gissant d'être amoureux, affectait
de ne pas être ému; non..., non...,
on peut en faire un meilleur usage.

— Il faut en finir pourtant.

— Eh bien! elle ne crie plus...
je m'en charge... dit Derbain, et il
enleva sur ses épaules Clotilde que
les infâmes paroles de Jeannette
avaient fait évanouir de nouveau.

Cela va assez bien pendant quelques instans : aiguillonnés par la
crainte, les ravisseurs courent, ou
plutôt, volent comme s'ils avaient
des ailes. Bientôt, cependant, Der-

bain commence à ralentir le pas,
puis il s'arrête tout-à-coup, et
cherche un appui contre une bor-
ne. La patrouille approchait toujours.

—Allons donc..., allons donc...,
qui vous arrête? pourquoi ne mar-
chez-vous plus?

— Je ne le puis..., mes jambes
faiblissent..., une sueur froide m'i-
nonde..., soutenez-moi... ; je me
trouve mal.

— Il ne manquerait plus que
cela! voyons, donne-moi ta charge,
dit Maurin ; fais-la glisser sur mes
bras... Malheureux! tu es couvert
de sang.

— Je suis blessé... M. Poulet...
son sabre...

— O mon dieu !

— Je l'avais oublié... mais main-

tenant... maintenant... je souffre...
je vais tomber...

Jeannette trépignait et grinçait
ses dents.

— Approchons-nous du moins?
demande-t-elle.

— Encore cinquante pas et nous
y sommes.

— Du courage donc, en ce cas...,
voyons, mon amoureux, soutenez-
votre ami..., je me charge, moi, de
cette pie-grièche.

Jeannette essaye d'enlever Clotilde ; mais trop faible pour réussir,
elle prend un parti qui lui paraît
plus commode ; passant tout sim-
plement ses deux bras sous le buste
de la jeune fille, elle se met à courir en traînant la malheureuse
après elle ; laissant ainsi ses pieds

racler la terre, et ses talons nus
rebondir contre chaque pavé.

L'on était alors parvenu dans la
cité, au milieu d'une de ces rues
étroites, tortueuses, infectes, où se
tiennent d'ordinaire ce qu'il y a de
plus impur dans le vice, de plus
crapuleux dans la débauche et la
prostitution.

— Halte ! C'est ici, dit Derbain.

La certitude de conserver sa proie
et d'échapper à un danger prochain ranime ses forces comme par
enchantement. Il quitte le milieu
de la rue, s'approche de la porte
délabrée d'une maison noire et dé-
crépite, tire par trois fois le cordon d'une sonnette ; et, du dos de
la main, frappe cinq coups contre

les volets d'une croisée de rez-de-
chaussée.

Ce signal produit son effet; la
porte s'ouvre et se referme d'elle-
même; quand tout le monde est
entré.

— Enfoncée, la patrouille! dit
Derbain, qui reprenait sa bonne
humeur en se voyant en sûreté.

— Enfoncée, Clotilde! dit Jeannette, en jetant sur sa jeune maîtresse un regard plein de malice et
de vengeance.

— Comment tout cela finira-t-
il? pensait Maurin, inquiet au fond
du cœur de voir des suites aussi sé-
rieuses à ce qu'il n'avait cru d'a-
bord qu'un rendez-vous d'amourette.

Nos personnages se trouvent en
ce moment dans un long corridor

éclairé par une veilleuse qui, suivant l'expression de Milton, sert à rendre seulement les ténèbres visibles. Une vieille femme aux yeux rouges, aux mains décharnées, coiffée d'un foulard mis de travers, entourée d'un large peignoir d'une blancheur plus qu'équivoque, s'approche de Derbain en lui adressant un sourire qui, dans tout autre lieu, et de toute autre personne, aurait pu passer pour une fort laide grimace.

— Eh! c'est mon petit Victor!, dit-elle de ce ton de voix suave, ordinaire aux dames qui se rafraîchissent avec de l'eau-de-vie; qu'il y a long-tems que tu n'es venu me voir..., je te croyais mort, mon fifi..., tu veux du sexe, fripon!... il est un peu tard; mais avec un ami, ça m'est égal... je vais envoyer ma bonne chez la petite Eliza... une belge... dix-huit ans... ferme comme un roc... et des formes... des formes...

Et en parlant ainsi, elle mettait sur sa bouche la pointe de ses cinq doigts réunis.

— Merci... merci, maman Syphilis..., nous avons ce qu'il nous faut...; donne-nous seulement une chambre à deux lits, quelque chose à manger, et laisse-nous tranquilles...

— Tiens! je n'avais pas vu que tu as amené des poulettes... Charmante, cette brune-là, charmante, dit-elle, en regardant Jeannette qui, toujours pleine d'assurance et de hardiesse, fixait sur elle des regards effrontés, et puis... et puis...

qu'est-ce qu'il y a donc là sur le pavé?.. encore une? est-ce qu'elle est malade, celle-là?

— Elle a eu peur, elle s'est trouvée mal.

— Pauvre petit chou!.. Où astu volé-cela, coquin?... ça me fait l'effet d'être nouveau dans le commerce.... O fichtre! qu'elle est jolie!.. le beau cou.. le beau petit pied...et cette jambe... ce sein...

Hélas! la pauvre Clotilde n'avait d'autres vêtemens que sa chemise. La vieille mégère, poursuivant le cours de ses éloges, examinait le corps chaste de la pudique vierge, comme on examine une étoffe qu'on a envie d'acheter, et le livrait sans pudeur aux regards de tout le monde.

Jeannette souriait comme un démon de cette scène qui, selon elle, ravalait sa jeune maitresse au-dessous de son propre niveau. Derbain souffrait au fond du cœur, mais il affectait de regarder à peine, et de laisser faire avec tranquillité; son air dédaigneux semblait dire : oui, ce n'est pas mal... mais cela m'appartient maintenant..., j'en serai bientôt dégoùté.. Maurin, tout seul, Maurin, qui connaissait à peine Clotilde, eut assez de délicatesse pour être indigné de cette scène ; il repoussa rudement la vieille entremetteuse.

— Tiens, Victor ! dis-donc...., voilà ton ami qui se fàche... On voit bien qu'il ne me connaît pas encore... Je suis si bonne pour les messieurs ! Ah! petit scélérat que

tu es..., qu'elle jolie créature tu
as été dénicher... Je vais te donner
les meilleures chambres... le pavillon au fond du jardin, tu sais?..
Dis donc ?... Quand tu ne voudras
plus de cette petite, tu me la lais-
seras, n'est-il pas ?...

Et, tout en parlant, la vieille
se démenait dans son corridor obscur, passait la main sous le men-
ton de Jeannette, donnait un petit soufflet à Derbain, et menaçait
d'un doigt badin le jeune homme
inconnu qui venait de la rudoyer.
Ces gentillesses achevées, elle al-
lume une bougie à la veilleuse et,
marchant devant *ses pratiques*, elle
les conduit au travers d'un assez
vaste jardin, au pavillon dont elle
vient de parler.

Il suffit d'entrer dans les deux

pièces où sont conduits nos personnages, pour juger sur-le-champ
de leur destination. C'était bien
là un de ces *lupanars* de bas étage, où un luxe mesquin et misérable est en lutte avec l'inconduite
et la malpropreté. De riches gra-
vures sans verres, de belles glaces
étoilées, deux beaux canapés souil-
lés, maculés, couverts de taches ;
un papier de tenture élégant, mais
sur lequel une main impure avait
charbonné grossièrement des des-
sins obscènes. Tout le reste de
l'ameublement était dans le même
goût.

N'allez pas croire cependant que
la maison tenue par maman Syphilis soit un de ces lieux mal
famés où le premier venu est
admis pour son argent... C'était

mieux, c'était plus mal que cela.
On ne voyait jamais devant la
porte aucune de ces femmes dé-
braillées, couvertes de rouge, sen-
tant le vin, qui sortent la nuit
pour agacer les passans; il n'y avait
même sous son toit aucune autre
femme qu'une bonne de qua-
rante ans. Oh! C'est que, voyez-
vous, maman Syphilis avait trop
de pudeur pour s'afficher, trop
de mœurs pour se soumettre aux
investigations de la police.

Non. Le commerce de l'estima-
ble dame était mieux entendu,
bien plus décent que cela. Sa maison était ouverte, mais seulement
à ceux qu'elle appelait ses amis et
aux amis de ses amis. Un homme connu pouvait y mener sa maîtresse; il y trouvait un boudoir, du

mystère et du silence. Celui qui n'avait pas d'amour et qui voulait en acheter de tout fait, disait un mot àla maman, et bientôt on lui amenait du dehors une jeune femme, brune, blonde, grande ou petite, grasse ou fluette, selon ses goûts ou son caprice du moment. Les femmes de la maman étaient toujours très-aimantes.

Cette personne-là était fort charitable, comme vous le voyez ...., c'était sa nature, son caractère..., toujours prête à obliger pour de l'argent.

Indépendamment de son commerce de filles perdues, comme elle était très-active, elle spéculait encore sur l'innocence et tenait les virginités en boutique. Si quelque riche libertin, en flanant

dans la rue, avait remarqué une
jolie grisette, il en touchait un mot
à la maman, et lui glissait dans la
main un honnête salaire ; alors
elle se mettait en campagne, sui-
vait la jeune fille, lui parlait, lui
procurait du travail, la cajolait,
lui faisait quelques cadeaux, l'at-
tirait ainsi dans sa maison, et la
vendait ensuite à l'homme qui avait
fait les frais de la chasse. Oh !
c'était une femme adroite et mé-
ritante, que la mère Syphilis !...
Victor n'aurait pu mieux choisir...
Clotilde ne pouvait mieux tomber.

—⦿⦾⦿⦾⦿⦾⦿⦾⦿⦾⦿⦾⦿⦾⦿⦾⦿⦾⦿⦾⦿⦾⦿⦾⦿—

CHAPITRE IV.

———

PAUVRE CLOTILDE !

LE service est rapide et bien en‐
tendu chez maman Syphilis. Quel‐
ques minutes après l'arrivée des
jeunes gens, on leur apportait une
table couverte de viandes froides
et de vins délicats. Mais, à l'excep‐
tion de Jeannette, personne ne
semblait disposé à y faire honneur.

Jules paraissait préocupé, triste, rêveur ; il jetait sur Clotilde évanouie un regard plein d'inquiétude et de compassion, et ne remarquait ni les mets qu'on venait de servir, ni les œillades de mademoiselle Jeannette.

Derbain avait aussi ses raisons pour n'être pas, ce soir là, de bonne humeur. Pendant le chemin qu'il venait de faire, il avait perdu beaucoup de sang, et sa blessure commençait à devenir douloureuse. Pâle, affaibli, souffrant, à demi étendu sur le canapé, il blasphémait le ciel qui empoisonnait ainsi le succès d'une entreprise si habilement exécutée.

Quant à Jeannette, c'était différent. Elle était au comble de ses vœux ; sa joie perçait dans ses regards, dans ses gestes, dans toutes ses attitudes. Elle avait donc enfin trouvé, sinon le prince qui lui avait été promis, au moins le riche amoureux qui ferait d'elle une dame de haute volée !.... Oh ! c'était beau, magnifique, superbe !.... Mais ce qui était bien plus beau, bien plus magnifique encore, c'était le triomphe, le triomphe complet qu'elle allait remporter sur Clotilde ; c'était la vengeance, la vengeance si ardemment désirée qu'elle allait enfin savourer dans toute sa plénitude....

— Allons, mes petits agneaux, dit maman Syphilis en débouchant une bouteille de vieux Bourgogne, buvez un coup à ma santé... Vous avez besoin de cela pour vous mettre en train.... De la mélancolie!....

4.   3 ⬅

Chez moi ! je serais déshonorée!....

— Pour songer au plaisir, il faut être en bonne santé, dit Jules assez rudement; ne voyez-vous pas ici un blessé et une mourante... donnez-nous des odeurs, des vulnéraires , et , je vous le répète , sortez....

— Comme il est méchant celui-là ! dit la vénérable matrone; mais elle alla quérir ce qui lui était demandé, et bientôt Jules , agenouillé près de Clotilde , frottait ses tempes avec du vinaigre, jetait de l'eau fraîche sur son visage et lui faisait respirer des sels.

— Elle ne revient pas..... C'est peut être son corset qui en est la cause, dit Jeannette en ricanant.

— Elle soupire... Elle a fait un

mouvement... donnez de l'air...
Ouvrez les fenêtres....

— Jules!... Vous m'ennuyez, dit
Jeannette, que ces soins impatien-
taient ; qu'est-ce qui est votre bonne
amie ici, voyons ? c'est moi *qui l'est*,
je crois.... Ainsi, finissez.... Je le
veux.... si elle n'était pas toute nue
vous ne la soigneriez pas de si
près....

Elle comptait sur une prompte
obéissance, mais, loin de déférer à
sa prière, son amant lui lança un
regard si froid, si sec, qu'elle en fut
déconcertée.

— Petite chipie! murmura-t-elle
en s'éloignant avec humeur, est-ce
qu'elle m'enlèvera tous mes amoureux, donc !.... C'est trop fort ;
celà !.... Mais sois tranquille, va...
Je te ferai tant pleurer que ta beau-

té sera bien solide si .dans un mois
tu n'es pas laide à faire peur.....

Pendant ce monologue les soins
de Jules commencent à produire
quelqu'effet. Clotilde se soulève à
demi. frotte ses yeux de ses deux
petites mains, et promène autour
d'elle des regards étonnés.

— Où suis-je? demande-t-elle;
puis, se voyant toute nue, elle jette
un cri, se lève en chancelant, et
court s'envelopper dans les drape-
ries de la croisée.

— Où suis-je? où suis-je donc,
mon Dieu! répète-t-elle en san-
glotant.

Et se trouvant dans une maison
étrangère, entourée de gens incon-
nus, car elle ne peut voir le visage
de Derbain, se rappelant tout-à-
coup les hommes qui l'entraînaient

dans une rue déserte, la femme qui proposait il n'y avait qu'un instant de la jeter dans la rivière, elle pousse des cris perçans.

Maman Syphilis n'a jamais entendu crier de la sorte; elle ouvre de grands yeux ébahis : cette conduite lui paraît bien sauvage, pour une femme venue chez-elle dans un aussi grand négligé.

— Q'est-ce que tout cela signifie, mes bons amis? dit-elle, elle crie bien haut, votre poulette...., c'est histoire de rire, pas vrai?

— Madame, il me semble vous avoir déjà dit deux fois de nous laisser tranquilles.

— D'abord je ne vous connais pas, vous qui parlez si haut.... Vous êtes chez - moi, entendez-vous...., et, avant de me compro_

mettre pour vos beaux yeux, je
veux savoir....

— Tu ne sauras rien du tout!
crie Derbain en quittant enfin son
canapé; c'est de l'argent qu'il te
faut? en voilà... Maintenant, bonsoir.... Et souviens-toi d'une chose :
si je te revois cette nuit... je te
fouette...

—Farceur, va! murmura gracieu-
sement maman Siphilis qui avait
un fort bon caractère. Elle fit son-
ner dans sa main cinq ou six pièces
d'or qu'elle venait de recevoir et
partit en souriant et en saluant
jusqu'à terre : l'humilité est une
grande vertu !

— Victor! Victor! cria Clotilde;
et, ranimée par la voix de Derbain
qu'elle vient de reconnaître, elle
fait un mouvement pour s'élancer

près de lui ; mais se rappellant
sa nudité ; elle devient toute rouge,
et s'enveloppe plus étroitement
dans ses rideaux.

Hélas ! jamais la pauvre enfant
n'avait été plus belle que dans ce
moment où il était si dangereux de
le paraître ! Sa jolie figure, animée
par l'émotion de la crainte, par le
rouge de la pudeur, était pleine
d'expression, d'animation, de vie...
Ses grands yeux étincelaient au travers de grosses larmes qui s'arrê-
taient en tremblant sous ses paupières. Les rideaux, serrés autour
de son corps par une petite main
dont on apercevait l'extrémité,
dessinaient tous les contours, toutes
ces formes si arrondies, si suaves, et
laissaient apercevoir, entr'eux et le
parquet, deux jambes fines, blan-

ches et un pied mignon, délicat comme celui d'un enfant.

— Ce n'est pas une femme, c'est un ange... pensa Maurin qui regardait avec extase.

— Hum ! la petite effrontée ! murmura Jeannette, voyez donc comme elle sait s'arranger, se faire valoir.

— Qu'elle est jolie ! dit Derbain en approchant d'un pas léger, car l'admiration lui faisait oublier sa blessure.

— Victor !... Vous ne me répondez pas !... Pourquoi m'a-t-on menée ici ?... Où est ma mère ?... Victor !... Je vous en prie, ramenez-moi près de ma mère.... Oh ! laissez-moi, Monsieur..... Ne touchez pas mon rideau.... Victor ! Victor !.....

Si vous me touchez, je crie.... J'appelle à mon secours....

— Je voudrais bien voir cela, par exemple! Dit Derbain du ton leste et badin qu'il aurait pris sans doute avec une habituée de la mère Syphilis; voyons, mademoiselle, ne vous rappelez-vous plus que vous m'avez dit : je t'aime.

Clotilde était consternée. L'audace effrontée de Derbain en présence de témoins, l'air riant qu'il conservait à la vue de ses larmes, cette aisance impertinente qu'il faisait succéder pour la première fois aux protestations respectueuses, aux phrases passionnées qu'il lui avait prodiguées jusqu'alors, l'étonnaient, l'épouvantaient. Elle commençait à comprendre qu'elle n'était pas aimée d'amour par cet homme qu'elle aimait tant, qu'il l'avait attirée dans un piége, et qu'elle était en son pouvoir.

— O mon Dieu ! disait-elle en se tordant de désespoir, Victor !.... lui !... lui aussi... il rit de ma douleur..., il est l'ami de ceux qui voulaient m'assassiner !...

La pauvre petite, demi-morte de fatigue et d'effroi, se laissa tomber sur ses genoux ; mais ce moment d'accablement fut court ; l'espérance venait de renaître en son cœur, car ses yeux, errant autour d'elle, venaient d'apercevoir Jeannette.

—Ah ! dit-elle en poussant un cri de joie, je ne suis donc plus seule, abandonnée.... Te voilà... te voilà donc... tu me défendras, n'est-ce pas ?

En en parlant, ainsi elle s'élan-
çait près de sa rivale et l'entourait
de ses bras ; puis, toute confiante
dans ce secours inattendu, elle
promenait sur les deux hommes
un regard fier et assuré, la naïve
enfant qu'elle était !

— C'est un ange ! murmurait
toujours Jules Maurin.

— Jeannette ! ma bonne Jeannette ! te voilà... c'est toi !... c'est
bien toi !... Que j'ai de plaisir à te
voir !... disait-elle en se pressant
contre la bonne et en couvrant ses
joues de ses baisers. Mais cette
femme qu'elle caressait ainsi, cette
femme qu'elle implorait, était
bien éloignée de songer à la défendre...

— Aurez-vous bientôt fini de
m'étouffer, dit Jeannette... et elle

la jeta brusquement jusque sur les
genoux de Derbain qui se hâta de
l'envelopper dans ses bras.

Tant de méchanceté, une trahison si noire de la part de personnes qu'elle aimait, déchiraient
l'âme de la pauvre petite. Elle
laissa tomber sur sa poitrine sa
tête défaillante; ses forces l'aban-
donnaient, vaincue par tant de
malheurs, elle se sentait découra-
gée, accablée, brisée.

C'était là le moment du grand
danger pour la malheureuse; car
Derbain, encouragé par les provo-
cations de Jeannette, se disposait à
se ruer sur sa victime. Mais Jules
Maurin, jusque-là spectateur si-
lencieux, s'avança d'un pas grave.

— Victor! dit-il, j'ai cru jusqu'à présent qu'il ne s'agissait que

d'une amourette de jeune homme, d'une femme facile, d'une de ces intrigues comme on en voit tous les jours... Cette conviction m'a entraîné beaucoup trop loin... me voilà complice d'un enlèvement, quand je croyais seulement passer une nuit de plaisir avec une soubrette... Ma complaisance a été trop grande peut-être, mais à coup sûr elle ne s'étendra pas plus loin...; je déclare formellement qu'aucune violence ne sera commise devant moi. Si mademoiselle se donne, rien de mieux; je ne m'en mêle plus. Mais si sa volonté est d'être respectée, elle le sera, je le jure, et je me constitue son défenseur.

— Infâme trahison! s'écria Derbain en frappant la muraille de

son poing fermé ; mais une ré-
flexion subite éteignit tout à coup
cette fureur naissante ; il venait de
sentir que la violence ouverte ne
le mènerait à rien et qu'il fallait
dissimuler.

— Grand enfant ! dit-il en éclatant de rire, grand niais ! il croit
encore à la sincérité des pantomi-
mes..., à la vertu des châtelaines
qui reçoivent un amant dans leur
lit.

— La conduite de mademoiselle
témoigne...

— Quoi ? qu'elle est farouche ?
Du tout, elle était très-privée, il y
a un instant, dans sa chambrette.
Mais crois-tu donc qu'à son âge on
s'apprivoise aussi facilement.....
Fou ! qui pensait qu'elle allait s'a-
bandonner dans mes bras, devant

lui, devant cette fille... allons donc!... je te croyais moins novice.

— Je concevrais de la timidité, de l'hésitation; mais cette épouvante, cette terreur...

— Simagrées! comédies, mon cher!... Écoute! tu me fais perdre mon tems, et tu perds le tien... C'est fort maladroit... Jeannette est là qui soupire; elle te boit du regard... Va te coucher, Jules e t, dans une heure, reviens me voir si tu le veux; alors tu trouveras ma maîtresse tout aussi bien disposée que la tienne.

— Pas de violence, au moins... tu le promets, Victor?

— Fi! Pour qui me prends-tu donc? d'ailleurs ta chambre est voisine; au moindre cri tu pourras intervenir.

Maurin hésitait encore, car Clotilde l'intéressait beaucoup, et il n'avait pas une foi entière dans les paroles de Derbain; mais Jeannette avait un intérêt dans la décision qu'il allait prendre...; elle approcha doucement, jeta ses deux bras autour de son cou; et, fixant sur lui ses grands yeux noirs, sourit avec tant de gentillesse, fit de petites mines si provoquantes, que le jeune homme oublia tout pour ne plus songer qu'au plaisir. Il déposa un baiser chaleureux sur les lèvres de la jeune bonne, l'enleva comme une plume, et la porta, en riant, dans la chambre qui lui était destinée.

Clotilde, dans un abattement moral qui tenait de l'imbécillité, demeura seule avec Derbain.

CHAPITRE V.

ENCORE PLUS FORT.

— Voilà donc enfin le moment!
dit Derbain quant il ne vit plus
aucun obstacle entre lui et celle
qu'il voulait posséder ; allons, Clotilde... continua-t-il, vous avez
assez fait l'enfant, ma chère amie..,
vous vous êtes donnée à moi libre-

ment, volontairement, le jour où vous m'avez dit : je vous aime... : vous ne pouvez plus me résister....

Clotilde demeure toujours accroupie au milieu de la chambre et ne répond pas un seul mot.

— Quelle sottise! continue Derbain; voyez plutôt comment Jeannette se conduit avec son amant... avec elle, ça va tout seul... Allons, mon ange... levez-vous... venez ici...

Clotilde demeurait toujours immobile.

Derbain prend sa main pour la faire asseoir; elle se laisse conduire sans prononcer une parole, sans lever les yeux. Elle marche comme un automate mis en mouvement par un ressort; seulement une de ses mains tient fortement serrée autour de son corps la percale fine qui la dérobe seule aux regards impudens du jeune homme.

— Bien !.. Bien ! dit Derbain, bien, ma petite, tu n'es encore ni bien caressante, ni bien vive.., te voilà du moins douce et résignée ; il y a progrès.., mais pourquoi nous tenir ainsi éloignés l'un de l'autre ? Rapprochons-nous un peu... Nous nous aimons tant, n'est-il pas ? Viens, chérie, viens sur mon cœur, dans mes bras. Si tu savais combien je te trouve jolie !

Clotilde se laissa placer sur les genoux du jeune homme ; son regard était éteint, sa tête et ses bras pendaient ; elle était froide, glacée.

—Clotilde... Clotilde... eh bien ! Qu'as-tu donc ? tu ne réponds pas ?

Clotilde , Clotilde... Allons.... La voilà qui n'entend plus maintenant!... Comme elle est froide!.... Ce n'est pas étonnant...,. elle est si peu couverte.... Qu'importe., après tout! la réchauffer est si facile!...

Et le voilà qui la serre de nouveau dans ses bras et qui promène nne bouche impure sur ses joues, sur son front , sur son cou , sur toutes les parties de son beau corps qui ne sont pas voilés par l'importune chemise.

Clotilde ne sent encore rien.

— Parbleu! dit Derbain , grandement animé par ces caresses, voilà une apathie bien sotte.. , et pourtant, ma foi! bien commode... Allons mon chemin, morbleu! si elle crie, si elle pleure, ce ne sera qu'après coup , et, comme il n'y aura plus de remède, il faudra bien se consoler.

Et, prenant à deux mains la tête de la pauvre victime, il dépose sur sa bouche décolorée un baiser si chaudement appuyé, savouré si longuement que Clotilde tressaille enfin et fait un léger mouvement.

— Peste, dépêchons-nous, dit Derbain.

Mais le charme était rompu. La jeune fille revenue à elle-même, ouvre ses grands yeux, promène autour d'elle un regard incertain puis épouvanté; elle se voit sur les genoux du jeune homme, et s'é-lance comme un trait à l'autre bout de l'appartement.

— Allons... murmure Victor, j'ai trop attendu! si je veux réussir maintenant, il faut avoir recours aux beaux sentimens, aux phrases sentimentales. Tout cela est si bête ; n'importe, il faut bien m'y résigner.

— Clotilde, dit-il, en reprenant l'air aimable, le ton doucereux, les manières respectueuses qui, dans dans le principe, avaient produit tant d'effet sur la pauvre petite, Clotilde vous me rendez bien malheureux ! je vous croyais un cœur bon, sensible, et pourtant, ajoute-t-il avec un gros soupir, et pourtant vous vous jouez de mon amour, vous m'acueillez d'abord comme un amant... Puis vous me repoussez, vous me fuyez comme un homme que l'on abhore... Il faut enfin vous expliquer, Clotilde.., répondez-moi donc.., m'aimez-vous ?...

La jeune fille s'est réfugiée de nouveau sous son rideau de mousseline ; là , derrière ce rempart qu'elle croit inattaquable, elle passe une main sur ses yeux comme pour s'assurer qu'elle veille, et, rassemblant avec peine ses idées devenues vagues et confuses, elle se rappelle tout ce qui lui est arrivé pendant cette nuit fatale.

— O mon Dieu! dit elle, ce n'était donc pas un rêve!.. il est là... là... toujours là...

Mais ces souvenirs opèrent en elle une révolution subite; son regard devient moins timide, sa tête se relève avec fierté, son attitude est ferme, calme, imposante.

— Monsieur , dit-elle, d'un air grave, pourquoi m'a-t-on conduite ici? pourquoi ne suis-je plus près de ma mère?

— Vous me le demandez Clotilde

reprend-il à haute voix, avez-vous
donc oublié ce qui s'est passé chez
votre père?

— Je me rappelle son appari-
tion, sa colère; mais cela ne m'ex-
plique pas comment je me trouve
près de vous dans une maison
étrangère.

— Fallait-il donc vous abandonner dans la rue?

— Dans la rue!

— Sans doute, quand M. Poulet
a découvert que j'étais auprès de
vous, il est devenu furieux, il vous
a arrachée de votre lit, et, toute
évanouie que vous étiez, il vous a
jetée devant sa porte...Loin de moi,
disait-il, loin de moi pour jamais
la fille infâme qui a souillé mon
toit et déshonoré mes cheveux
blancs... Dans ce moment là, je

m'enfuyais avec Maurin ; l'amant de Jeannette , nous vous avons trouvée sans connaissance sur les dalles du trottoir et nous vous avons portée ici.... Trop heureux, Clotilde, de pouvoir vous donner un asile.... enchanté que j'étais d'une circonstance qui nous réunit pour ne nous séparer jamais.

— Moi.., Moi, une infâme ! moi j'aurais déshonoré les cheveux blancs de mon père ! Et qu'ai-je donc fait, mon Dieu?... O ciel ajoute-t-elle avec un cri aigu, ce rendez-vous que vous me demandiez était donc criminel? Vous me trompiez donc, Monsieur? Oui, oui, je ne devais pas vous recevoir... malheureuse ! J'ai donné dans un piége... Me voilà déshonorée aux yeux du monde, chassée par mes

4   4 *

parens. Me voilà, pauvre enfant abandonné! loin de ma mère que j'aime, loin de ma sœur qui m'aime tant!

Et en parlant ainsi, elle sanglottait et se tordait les mains.

— Vous n'êtes pas abandonnée, Clotilde... Ne suis-je donc pas là, pour vous aimer comme une épouse, pour vous protéger comme un père.

— Je veux sortir, Monsieur, je veux sortir sur-le-champ. Si vous n'êtes pas le plus lâche, le dernier des hommes, vous me guiderez, vous me ferez sortir d'ici.

— Mais vos parens ne vous recevront pas.

— Eh bien! ils sauront du moins que je pleure... Ils verront que je me repens.

— Y pensez-vous? vêtue comme
vous l'êtes...

— On prend une voiture, Monsieur ; et, d'ailleurs, voici un costume, tenez ... Me voilà vêtue
maintenant...

Clotilde s'élança vers le lit, s'entoura d'un couvre-pied et se dirigea
vers la porte qu'elle s'efforça d'ouvrir.

— Malédiction ! dit Derbain,
elle n'entend rien, n'écoute rien...
Ah! si Maurin n'était pas là... Si,
du moins, il dormait en ce moment... voyons....

Et pendant que Clotilde fait de
vains efforts pour ouvrir une porte
solidement verrouillée, Derbain
s'élance dans la chambre à coucher
de son ami, la parcourt du regard,
et reparaît bientôt les yeux brillans
d'une joie infernale.

— Il n'y a personne... Il n'est plus là, dit-il à voix basse ; O ma bonne Jeannette ! que je te remercie....

Le jour commençait a poindre ; il s'approcha d'une croisée et il apperçut, à l'extrémité du jardin, sous une tonnelle de vigne, son ami Maurin qui faisait sauter mademoiselle Jeannette, assise sur ses genoux.

— Plus d'obstacles ! s'écria-t-il en se frottant les mains, elle est à moi maintenant... Qu'elle crie, si cela l'amuse... on ne l'entendra pas... Qu'est-ce que cela me fait !

Alors, l'œil ardent, la respiration courte, le cœur palpitant, il se jetta brusquement sur Clotilde.

Hélas ! cette attaque brutale brise comme un faible roseau l'énergie passagère de la pauvre en-

fant. Elle se prend à trembler, et
des larmes cruelles, des larmes
amères jaillissent de ses grands
yeux. Ses cris, sa résistance
courageuse n'ont produit aucun
effet, elle veut essayer de la prière.

— Victor ! dit-elle en se jetant
à genoux, Victor !... je ne suis
qu'une enfant..... ayez pitié de
moi !... Victor ! me punirez-vous
d'avoir cru à vos protestations....
me punirez-vous de vous avoir trop
aimé ?...

— Non... non.., assez de caprices.., assez de résistance.., plus de
retard..... tes paroles m'ont déçu
trop longtems... Ce sont des actions qu'il me faut..., viens !....
viens !! viens !!

— Grâce, Victor !... grâce..,
au nom du ciel !

— Pourquoi ces cris.... ces plaintes, ces supplications ?... Dans votre chambre, il y a peu d'instans, vous étiez si bonne, si douce, si aimante...

— C'est qu'alors vous m'aviez persuadé que m'abandonner à vous, après vous avoir donné mon cœur, était chose naturelle et permise..... C'est qu'alors je vous croyais sincère et de bonne foi... mais vous vous êtes trahi en me répétant les paroles de mon père... Non, je ne serai point infâme.., non, je ne ferai point rougir le front de mes parens.... Non... non... non...

— Eh bien donc ! à chacun son rôle... Défends-toi bien, Clotilde, car j'attaquerai sans scrupule.

— Vous ne le ferez pas, Vic-

tor!... Oh!... ce serait affreux...
vous ne pouvez pas vous conduire
ainsi..., Ah!... ah!.., laissez-
moi..., laissez-moi.., grâce, au
nom de Dieu!.... grâce!....
grâce!...

Et la malheureuse se traînait
sur les genoux, entourait d'un
bras les jambes de Derbain, et
tenait penché vers le parquet
son front blanc baigné de larmes.

Derbain répondait par des ru-
gissemens; toute délicatesse, toute
pitié, toute vertu étaient éteintes
dans son cœur : ses orageuses passions grondaient plus haut que tous
les sentimens de l'honnête homme.
Aigri par une résistance opiniâtre
sur laquelle il n'a pas compté, re-
doutant le retour de Maurin qui

peut s'opposer à l'exécution de ses dessiens, il saisit Clotilde par un bras, l'enlève comme une plume, et, chargé de ce fardeau, il court vers la grande alcôve.

Dans cette situation désespérée, Clotilde voit qu'elle est perdue si elle s'abandonne elle-même. Tous ses sentimens, toutes ses affections, toutes ses vertus sont outragés à la fois. L'indignation, la colère naissent pour la première fois dans ce cœur timide et bon. Comme la faible poule à laquelle on veut ravir se petits, elle devient furieuse. Tous ses nerfs sont tendus, toutes ses forces sont en mouvement. Ses deux mains crispées se portent au visage du lâche qui abuse de ses forces d'homme Pour la déhonorer ; elle, faible

et inoffensive créature ; ses dents
s'impriment sur le front du bar-
bare ; elle l'étonne, l'ébranle et
parvient enfin à se dérober à l'é-
treinte des bras qui l'envelop-
pent.

Alors il était affreux de voir la
pauvre petite, haletante, effarée, les
cheveux épars, courir toute nue,
autour de la table sur laquelle était
servi le souper... Si un homme, le
plus dépravé, le plus corrompu des
hommes, eût pu voir, en ce moment, Derbain furieux, enflammé
de luxure, s'acharner comme un
tigre à la poursuite de sa proie, il
l'eût foulé sous ses pieds, il lui eût
craché à la face, il lui aurait dit :

— Tu es infâme !...

Pourtant, Clotilde a beau courir,
l'espace lui manque. Derbain est

agile; elle voit le moment où elle va retomber en son pouvoir. Un couteau à découper est sur la table; elle s'élance, le saisit; et, s'arrêtant brusquement, elle en présente la pointe à son vil agresseur.

Celui-ci s'arrête épouvanté; mais il rugit, il écume, il frappe du pied le parquet.

— Comment! dit-il avec un affreux jurement, comment! ni caresses... ni ruses, ni menaces.... Ne pourront donc réussir!...... Comment! moi..... moi, Victor Derbain, accoutumé à des succès faciles, j'aurai eu recours à des violences qui me déshonoreraient si elles étaient connues; et tout cela serait en vain!!. Non! non!.. quand on est venu aussi loin, on ne peut'plus reculer... Qu'un de nous deux meure, s'il le faut.... mais à moi... à moi Clotilde !...

Et, sans plus hésiter, sans rien craindre, il s'élance comme un forcéné, comme un frénétique. Hélas ! la douce enfant recule devant un meurtre ! elle pâlit, elle tremble... le couteau tombe de sa main.

— Enfin ! dit Derbain avec un affreux sourire, et, saisissant sa proie d'un bras de fer, il l'entraîne de nouveau vers l'alcôve.

> Jeune fille aux yeux noirs,
> Tu règnes sur mon âme....
> Tiens, voilà des bijoux...

C'est Maurin qui chante ainsi, en reconduisant mademoiselle Jeannette qui est rouge, animée, charmante. Tous deux sautent rient , chantent , s'agacent , s'embrassent... C'était délicieux...

— Eh bien ! est-on d'accord ici ? demande Maurin d'un ton léger.

— O Monsieur , Monsieur , sauvez-moi.... Au nom de Dieu ! emmenez-moi d'ici ! dit Clotilde en se jetant à genoux.

— Merci, ma petite ! bien sensible à vos préférences... mais elles viennent trop tard...Tout-à-l'heure peut-être aurais-je fait cette bêtise... Que voulez-vous ? je me laisse prendre encore aux apparences.... Je vous croyais ce que vous paraissiez... mais Jeannette a parlé, mon ange.... Quand on a , comme vous, une demi-douzaine d'amans heureux, il sied mal de faire la pucelle.... Votre réputation est trop bien faite dans votre quartier.... je ne me mêle plus de vos affaires...

CHAPITRE VI.

MAURIN ET LES ESCOGRIFFES.

Les phrases cruelles de Maurin viennent d'enlever à Clotilde sa dernière espérance. Que peut-elle attendre, en effet, de Jeannette dont les regards méchans insultent à son malheur, de Jeannette qui vient de la calomnier ?

— O mon Dieu! mon Dieu,

tu m'abandonnes donc ! dit-elle,
de ce ton qui annonce le dernier
degré du découragement; puis ses
forces épuisées par tant de douleurs et de larmes l'abandonnent
tout à coup ; et, de toute sa hau-
teur, comme une masse de plomb,
elle tombe sur le parquet.

— Est-ce que ce n'est pas encore fini ! dit Jeannette à l'oreille
de Derbain.

— C'est un Démon ... pas encore. ...

— Que vous êtes maladroit ! Dieu
de Dieu ! si j'étais homme !.., eh
bien ! elle est demi-morte.... allez
donc, maintenant..,

Victor n'a pas besoin d'encou-
ragemens de cette espèce. Il re-
marque que Maurin, cédant aux
fatigues de la nuit est allé se jeter

sur le lit de la pièce voisine, alors, il se penche sur Clotilde, l'enlève dans ses bras, et, chargé de ce fardeau, il fait vivement quelques pas. Mais, bientôt, il sent aussi, lui, ses forces faiblir, ses jambes se dérober sous lui. Les bandages de sa blessure venaient de glisser; le sang coulait à gros bouillons. Force lui fut bien de s'arrêter.

Maurin, réveillé par Jeannette, pança de nouveau le blessé ; mais sa conduite infâme avait considérablement aggravé sa situation. Il éprouvait un malaise général, il sentait un grand mal de tête; son visage se colorait, ses yeux brillaient, ses lèvres se desséchaient; il était pris par un violent accès de fièvre. Clotilde pouvait respirer quelques instans.

Après son pancement, Maurin

n'éprouva plus le besoin de se ren-
dormir. Il venait de traiter avec impertinence et froideur cette jeune
Clotilde qu'on lui avait peinte comme déjà pervertie ; cependant ,
malgré lui-même, elle lui inspi-
rait une pitié d'instinct, une pitié
profonde. Il l'a vit évanouie, et
lui prodigua avec zèle et talent
tous les secours dont elle avait be-
s in.

— Qu'elle est jolie! quel dommage ! pensait-il en fixant des regards avides sur sa virginale figure,
si jeune ..., si belle ..., avec tant
d'ingénuité dans le regard ..., tant
de candeur dans les manières ...,
déjà perdue ... corrompue..., pros-
tituée ..., quel dommage !

Clotilde, revenue à elle-même,
voit qu'il la regarde avec intérêt ;

quelques larmes coulent de ses yeux, elle prend sa main dans les siennes.

— O Monsieur ! dit-elle de cette voix douce et suppliante qui produit tant d'effet sur un cœur bouillant de jeune homme; ô Monsieur ! vous avez donc pitié de moi ! vous avez l'air bon, vous ... oh ! je vous en supplie ... défendez-moi...

— Vous ne risquez rien maintenant ... voyez ... Victor est malade :

— Que le ciel lui pardonne, Monsieur ! mais, je vous en prie, partons..., allons-nous-en bien vite ...

— Étonnante enfant ! pourquoi donc partir ? vous aimiez Derbain.. vous l'avez reçu, la nuit, dans votre chambre ..., dans votre lit ...

— Je l'aimais, Monsieur ; il devait être mon mari ... je le croyais bon ... et puis, il m'avait dit... j'étais persuadé que ... que ...

La pauvre enfant ne pouvait pas expliquer des idées qui étaient peu claires dans sa petite tête ; Maurin vit de l'embarras, de la honte, là où il n'y avait qu'innocence et candeur. Il leva les épaules et sourit amèrement.

— Bah ! dit-il, vous n'en étiez pas à vos premières amours..., je sais à merveille que ce n'est pas d'hier seulement que vous donniez à coucher.

— Hélas ! dit Clotilde, la calomnie leur est nécessaire, il s'en servent contre moi.... contre moi, faible créature, sans force et sans défenseur ..; que Dieu soit indul-

gent pour eux, car ils auront besoin de son pardon !

— La calomnie ! pensa Maurin,
en s'éloignant pour cacher une émotion qui devenait trop vive ..., la
calomnie !... mais pourquoi ? dans
quel but ? non .., non .., cela n'est
pas possible ... cependant, si c'é-
tait pour m'empêcher de la défendre ... oh ! ce serait bien infâme!..
ma tête boût ... j'éprouve un dé-
sordre d'idées..., sortons ..., il est
huit heures du matin ; j'ai quelques malades à voir ... le grand
air me fera du bien.

Maurin, comme tous les jeunes
gens de son âge poursuivait avec ardeur les femmes et les plaisirs ; lié
avec des amis peu scrupuleux dans
le choix de leurs conquêtes, il avait
suivi leur exemple et avait, comme

eux , exploité la grisette. Mais un travail sérieux , des études fortes s'étaient toujours mêlés à ses dissipations. Retiré seul dans sa chambre d'étudiant , il se purifiait dans ses livres ; la science retrempait son âme amollie par les voluptés ; la débauche n'avait pas blasé son cœur, émoussé sa sensibilité. Devenu docteur depuis peu de mois , il commençait à aller dans le monde, se faisait une clientelle , et se montrait plus réservé dans le nombre et le choix de ses amours.

Cependant, ébloui par le brillant portrait que Derbain lui avait fait de Jeannette , il s'était laissé entraîner à une dernière fredaine ; mais combien il s'en repentait en voyant la gravité des événemens causés par un rendez-vous si insi-

gnifianten apparence, en songeant
aux suites terribles que pouvait
avoir sa fatale complaisance pour
Derbain !

Pourtant, il était engagé ..., que
ferait-il ? prendre Jeannette pour
maîtresse en titre ? l'entretenir, la
payer ? acheter les baisers d'une
femme... Payer l'amour à beaux de-
niers comptans !... fi donc ! Ce sys-
tème, trouvé fort commode, ne lui
avait jamais convenu ; il ne lui
conviendrait jamais .., d'ailleurs,
Mademoiselle Jeannette, avec ses
manières communes, ses mains
rouges et ses regards effrontés n'é-
tait bonne qu'à l'amuser quelques
instans. Les caresses d'une première
nuit l'avaient déjà rassasié ; il songeait d'autant plus facilement à se
débarrasser de cette intrigue qu'il

ignorait ce que Derbain avait promis en son nom.

Il faut tout dire cependant...
Jeannette était assez gentille pour
plaire au moins pendant une se-
maine. Son triomphe eût été moins
court sans le voisinage de Clotilde...
L'aimable fille de M. Poulet préoc-
cupait bien plus le jeune homme
que sa ci-devant cuisinière.

Tout en cheminant dans la rue,
il se rappelait l'ingénuité de son
sourire, la douceur de sa voix; il
se sentait tout attendri au souve-
nir des pleurs qu'il lui avait vu ré-
pandre.

— Et dire qu'une femme, aussi
jeune, aussi belle, aussi ravisante,
se soit déjà dégradée..., flétrie...,
déshonorée..., disait-il en soupi-
rant; toutes les apparences de la

vertu et toute la corruption du vice... Oh ! c'est affreux !... mais si
ces grâces extérieures ne trom-
paient pas..., si Jeannette seule...,
Jeannette ! Eh mon Dieu ! cette fille-
là n'a ni pudeur, ni conscience...
elle haït sa maîtresse..., elle paraît
toute dévouée à Derbain... Si elle
avait menti..., diffamé..., calom-
nié... ; si elle avait voulu me rendre le complice de la perdition de
cet ange !... il faut voir ; il faut
éclaircir tout cela... Clotilde est
déshonorée dans son quartier, m'a-
t-on dit..., allons dans la rue de
Verneuil..., interrogeons les voisins..., nous agirons ensuite confor-
mément aux informations qui nous
seront données.

Maurin exécuta sur-le-champ
cette résolution. Arrivé rue de

Verneuil, il questionna tous les voisins, depuis la fruitière jusqu'à l'épicier du coin. Non content de cette première enquête, il pénétra jusque chez les locataires de la maison Poulet : tout le monde connaissait déjà l'enlèvement de Clotilde et s'apitoyait sur son malheur.

— Pauvre petite! disait-on de tous côtés, c'était la perle du quartier.... on ne l'appelait que la jolie fille, la jolie demoiselle...; et puis. . ., c'était sage. .., doux..., modeste!... ça ne levait jamais les yeux.. .., ça ne sortait que pour aller à l'église..., ça ne quittait jamais sa maman .. Pauvre tourterelle du bon Dieu!

Et les commères levaient au ciel des yeux attendris et passaient le coin de leur tablier sur leurs joues mouillées de larmes.

— Malédiction! s'écria Maurin.., on m'a trompé!..., on s'est joué de moi!...; on m'a associé à une entreprise infâme!... Oh! je me vengerai..., je la sauverai... La sauver!... malheureux!... je l'ai laissée seule avec deux scélérats... La sauver!... en est-il tems encore?... Oh! tirons-la de leurs mains.... Allons..., courons..., volons...

Et il s'élança, franchissant les ruisseaux, frisant les voitures, bousculant les passans. Cinq minutes après son monologue, il arrivait, tout essoufflé, dans la cham- de Derbain.

— Victor! dit-il, je vous croyais mon ami; Pourtant vous avez abusé

3. 5 *

de ma bonne foi, de ma confiance. Clotilde est une jeune personne honnête, Monsieur..., vous l'avez indignement trompée.

— Mon cher Jules, je crois que tu parles comme un livre. ..., mais j'ai la fièvre..., laisse-moi reposer..., bonsoir...

— Malade ou non, vous m'entendrez, Monsieur..., vous saurez que je ne suis pas homme à me laisser jouer, que je ne suis pas homme à prêter la main à un viol, à des scélératesses...

— Jules, laisse-moi donc..., tu m'ennuies.

— Eh bien ! soit, Monsieur; je vous quitte; vous n'aurez pas toujours la fièvre.... nous nous reverrons plus tard.

— Allons, Mademoiselle, dit-il

ensuite à Clotilde, cet homme-là n'espère plus, je crois, vous retenir malgré vous...; apprêtez-vous à me suivre.

Clotilde, à ces ravissantes paroles, se lève vivement et court se ranger auprès de son défensenr. Jeannette, béante, les yeux hagards, reste pétrifiée d'étonnement.

— Oh! oh! est-ce donc ainsi que tu le prends? dit Derbain en tirant froidement le cordon d'une sonnette; je suis malade, il est vrai, mon cher camarade; pourtant ne triomphe pas trop vite, tu n'es pas victorieux pour cela.

— Jules! mon Jules! dit Jeannette en cherchant à embrasser l'homme qui avait été son amant.

— Arrière, catin! cria-t-il, et d'un geste il l'envoya tomber sur le lit de Derbain.

— Maladroit! dit ce dernier
d'un air tranquille et goguenard,
tu viens de te faire une ennemie
mortelle et de me donner une
alliée...

— Venez, Clotilde, venez.....
laissons ensemble ces dignes asso-
ciés, dit Maurin en conduisant la
jeune fille du côté de la porte. Mais
à peine est-elle ouverte qu'il aper-
çoit trois grands escogriffes, armés
d'énormes gourdins, qui, raides,
droits, immobiles, se tiennent col-
lés contre la muraille.

Derbain partit d'un grand éclat
de rire.

— Ah! ah! chevalier errant! dit-
il, tu ne t'attendais pas à cette petite aventure?... Enfant! qui ne
sait pas encore qu'une maison honnête ne va jamais sans souteneurs...

Tenez, maman Syphilis, voilà un
jeune homme qui fait le méchant...
débarassez-m'en, s'il vous plait.

Maman Syphilis, telle que vous
la connaissez, avait pour principe
de ne rien refuser à qui payait, et
d'obliger, avant tout, ses anciennes
pratiques : elle fit un tout petit signe, et les trois escogriffes, atten-
tifs à l'ordre de leur capitaine, s'é-
lancèrent, à la fois, sur le pauvre
Jules qui n'avait rien pour se défendre.

— Bien! bien! criait Jeannette,
tenez-le bien; chassez-le.... rossez
le monstre qui vient de m'appeler catin...

— Victor! dit Maurin avec sang-
froid, je vous adjure par tous les
sentimens d'un honnête homme,

s'il vous en reste un seul, de me rendre cette pauvre jeune fille.

— Que veux-tu que je te dise ? prends-la si tu peux...

— Malheureux ! vous allez me rendre raison de ces insultes.

— Un duel.... c'est bien bête!.... N'importe, j'ai toujours un faible pour mes anciens amis... Je te tuerai, si cela peut te faire plaisir.

—Eh bien ! ici... sur-le-champ.. levez-vous... venez...

— Oh ! tu es aussi par trop pressé, mon cher... Je me battrai, c'est convenu ; mais je ne veux pas mettre Clotilde comme enjeu. Nous nous battrons, je te le promets... mais seulement le lendemain de la première nuit nuptiale.

— Lâche ! dit Maurin exaspéré ; vous ne méritez plus ni pitié ni égards.... la force armée va me faire raison de vos outrages et sauver cette infortunée.

— Va, mon ami, va.... c'est un bien beau rôle que celui de délateur ....

— N'oubliez pas, Monsieur, que vous m'avez poussé à bout et que vous me refusez satisfaction.

— Je te défie de me dénoncer à la police.

— J'accepte encore ce défi là, Monsieur.... Adieu, Clotilde.... vons allez bientôt me revoir.

— La petite sera très-flattée d'être réhabilitée par M. Gisquet!... Demain on lira dans tous les journaux : *mademoiselle Clotilde Poulet, qui s'était enfuie de la maison paternelle, a été retrouvée pure et vierge dans un mauvais lieu...* Ah ! ah ! ah'.... ces annonces lui vau-

dront une dot... les prétendans
vont faire queue pour épouser tant
de vertus.

— Malheureux que je suis! dit
Maurin frappé de la justesse de
ces paroles, que décider? que devenir? que faire?

— Rester ici, fou que tu es....
te réconcilier avec Jeannette qui
ne demande pas mieux, et t'amuser comme un bien heureux....
écoute : peut-être aimes-tu Clotilde... Eh bien ! je ne suis pas
égoïste, moi... sois bon enfant et,
dans huit jours, je te la cède.

— Et j'ai pu nommer cet homme-là mon ami! s'écria Maurin....
vil scélérat ! tu refuses encore de te
battre sur-le-champ ?... Eh bien !
ta figure recevra du moins l'affront
du contact de ma main... tiens....
tiens....

Il s'élance en achevant ces mots,
mais les escogriffes, aux aguets,
n'ont garde de le laisser maître de
ses mouvemens. Derbain, sans s'é-
mouvoir, toujours étendu tran-
quillement dans son lit, laisse
tomber dédaigneusement ces paroles :

— Le mélodrame est bon ; mais
il est infiniment trop prolongé...
Passons au dénoûment... allons,
camarades, débarrassez-moi de cet
homme.

A ces mots les trois grands escogriffes se jettent sur Maurin, l'en-
tourent de leurs six bras, l'entraî-
nent sans lui laisser le temps de se
reconnaître, et le jettent, tout
étourdi, au beau milieu de la
rue.

T. 4. 6

CHAPITRE VII.

MOYENS VIOLENS.

MAURIN, ainsi congédié, demeure un instant immobile, en face de
la porte qui vient de se refermer
sur lui. A quoi se décidera-t-il?
Faire du bruit? chercher à rentrer?
à quoi bon! il ne serait pas le plus
fort, et ne serait que médiocrement
flatté d'être reconnu faisant tapage,
près d'u. e semblable maison. Cou-

rir au prochain corps-de-garde?
à la préfecture de police? Mais pendant que la porte sera assiégée, les
coupables s'évaderont ; dans tous
les cas, Clotilde sera compromise,
et si, par compensation, Derbain,
ravisseur d'une enfant de dix-sept-
ans, est envoyé aux galères, Maurin, Maurin lui-même qui a coo-
péré à l'enlèvement pourrait bien
jouer un rôle sur les bancs de la
cour d'assises....

La nuit le surprend au milieu
de ces irrésolutions; il rentre chez
lui, et là, il songe, il rumine, il
médite jusqu'au lendemain matin.

— Mon Dieu! mon Dieu! dit-il en
s'agitant dans son lit, mon Dieu!
inspirez-moi une résolution qui la
sauve.... La laisserai-je succomber,
mon Dieu! Hélas! il le faudra

bien... je ne puis plus parvenir jusqu'à elle.... Comment faire pour la délivrer? Ah! j'aurais dû périr plutôt que de la laisser dans cette maison infernale! mais les grands escogriffes étaient trois contre moi... Ah! si j'avais été armé !... Armé! armé! eh! qui m'empêcherait de m'armer maintenant, de retourner dans ce lupanar infâme, et, là, le pistolet sur la gorge, de forcer cet odieux Derbain à me rendre Clotilde? oui... Oui.. Ce moyen est le plus prompt, le plus sûr, le seul peut être... Allons... Dépêchons-nous, ne perdons pas de tems...

Et le jeune homme qui n'a plus qu'une pensée, qu'un désir : sauver l'innocente que sa crédulité a perdue se lève au point du jour, s'arme de pistolets, monte en

voiture et se fait conduire au domi-
cile de maman Syphilis.

— Hélas! pense-t-il en frappant
et en sonnant à la fois, comme il
l'a vu faire à Derbain, m'ouvrira-t-
on maintenant? ma vivacité a tout
perdu. J'aurais dû dissimuler, et
ne me prononcer pour Clotilde que
lorsque j'aurais été en mesure de
la servir utilement. Syphilis connait mes desseins; elle ne me recevra pas chez elle.

Pourtant la porte s'ouvre. Syphilis est dans son couloir; au
grand étonnement du jeune homme, elle lui fait signe d'entrer.

— Je suis bien aise de te revoir,
J'ami, dit la respectable dame qui
a la cordiale habitude de tutoyer
tout le monde, je suis bien fâchée de
ce qui est arrivé hier; mais, que

veux-tu ? tu faisais le tapageur...
et puis, il faut servir, avant tout, ses
plus anciennes et ses meilleures
pratiques... Je suis bon enfant,
va..... Tu verras quand nous nous
connaîtrons mieux...

— Il n'est pas question de cela.
Conduisez-moi près de Victor...

— Eh ! mon petit... Il est parti
il y a cinq minutes.

— Et Clotilde ?.. qu'a-t-il fait
de Clotilde ?

— Jeannette et lui l'ont emme-
née.

— Comment ! toute nue...

— Je lui ai vendu ma plus belle
robe.

— Où sont-ils allés ? que sont-ils
devenus ? vous devez le savoir,
vous qui êtes leur confidente, leur
âme damnée...

— Du tout, mon fils, je ne suis pas curieuse; quand on m'a payée, le reste ne me regarde plus.

Ce contretems, auquel il était loin de s'attendre, accable le pauvre Maurin. Il se laisse tomber sur une chaise, et demeure plongé dans une méditation douloureuse.

— Eh bien! mon doux.... Est-ce que tu veux faire le portier dans mon couloir? tu ne peux demeurer ici, bijou... S'il venait quelqu'un, tu gènerais... Je reçois d'honnêtes femmes, vois-tu... Il ne faut pas les faire rougir.... Viens, mon poulet... J'ai besoin de sortir... Viens, nous allons partir ensemble.

Maurin tout préoccupé, se laisse entraîner par l'impulsion qu'on lui donne; il est dans la rue sans le savoir. Il a fait cent pas **côte à côte**

avec l'aimable dame et ne la voit
pas du tout. Un ouvrier le réveille
par un grand éclat de rire. Il regarde ce qui a pu exciter une gaîté
si bruyante, et il remarqne enfin
que maman Syphilis a passé un
bras sous le sien, et qu'elle se pa-
vane, se rengorge, fait la belle,
toute fière d'avoir pour cavalier un
jeune et beau garçon, qui, pour le
coup, n'a pas l'air d'un escogriffe.

A la vue de la femme impure
qui s'attache à lui, Maurin recule
comme s'il eût été touché par un
crapaud, et sans tourner la tête
pour dire seulement : adieu... Il
part à toutes jambes.

— Clotilde n'est donc plus chez
Syphilis! murmure-t-il; son ravisseur a craint mes menaces, mes
tentatives; il l'a enlevée de nou-

veau. Où l'aura-t-il conduite? poursuivi par la police, par les parens de sa victime il se sera soigneusement caché... Comment le découvrir, à présent que j'ai perdu ses traces?....

Et le jeune homme éperdu, égaré, furieux, court dans les rues de Paris, gesticulant, parlant tout haut, de telle façon que les passans s'arrêtent pour le regarder et disent d'un air goguenard : C'est un fou, ou c'est un amoureux, ce qui est bien souvent la même chose.

— Abandonnerai-je donc cette malheureuse enfant ! disait-il, faut-il donc tout révéler à la police? la police !.. Elle aurait mille moyens que je n'ai pas; elle pourrait employer vingt agens à suivre les traces des coupables; elle pourrait

faire parler cette exécrable Syphilis
qui sait certainement ce que sont
devenus ses protégés.... Cette Syphilis ! J'aurais dû ne pas la quitter ainsi... J'aurais dû tout employer, la violence même, pour
lui arracher des aveux... Étourdi !
maladroit ! ne ferai-je donc jamais
que la moitié de ce que je devrais
faire !. Mais elle ne peut être encore bien loin, cette femme... Ne
la quittons que lorsqu'elle aura tout
avoué.

Et le voilà qui court avidement
après la personne qu'il vient de
quitter avec mépris. Il rentre dans
la cité, demande, s'informe ; Syphilis n'est pas rentrée chez elle ;
elle a pris le pont Saint-Michel ; on
ne sait plus après cela ce qu'elle est
devenue.

— La suivrai-je ? se demande
Maurin ; à quoi bon ! je ne l'attein-
drais pas. Allons chez-elle.. Sa
bonne est seule ; la peur ou l'intérêt
sauront la faire parler.

Le signal qu'il a appris de Derbain lui sert encore d'introduc-
teur ; il est admis. Mais la bonne
dissimule moins bien que la maî-
tres e ; elle se trouble visiblement à
la vue du personnage qui vient de
se glisser dans le couloir.

— Que demandez-vous ? dit-elle
d'une voix qu'elle veut en vain rendre ferme et assurée.

— Modérons nous, dit Maurin
en lui-même, tâchons de ne pas
l'effrayer.

Et se rappelant le langage qu'il
employait autrefois avec ses conquêtes de bas étage :

— Bonjour, mes amours... dit-il. Comme elle est donc fraîche aujourd'hui ! parole ! tu n'a pas vingt-ans ce matin...

— C'est bon ! c'est bon ! que demandez-vous ? madame est sortie tout à l'heure.

— Je viens d'avoir l'avantage de lui offrir mon bras à l'instant.

— Ah ! ah ! fit la bonne, d'un air qui voulait dire : il bien hardi celui-là !

— Je viens rendre une visite au pauvre blessé. Je me suis mal comporté avec lui, hier, mais que veux-tu, ma bonne ? J'avais bu du Bourgogne, et ce maudit vin me rend méchant.... Méchant !... Ouvre moi le jardin ; je veux aller faire ma paix....

— M. Victor est parti avec ses dames.

— Tu mens. Ils sont ici; je le sais.

— Ils ont déménagé hier au soir, parole d'honneur !

— Hier au soir!.. Ta maîtresse vient de me dire qu'ils étaient partis ce matin.

— Hier au soir. . Ce matin.... dit la bonne évidemment embarrassée, que sais-je moi? il n'y sont pas, toujours.

— Comment a-t-on fait pour habiller Clotilde ?

— Son amant lui a bâti une redingotte avec un couvre-pied.

— Et voilà que ta maîtresse soutient lui avoir vendu une robe !... Vous mentez toutes les deux... Allons, sois bonne fille... Je veux revoir Victor et surtout dire deux mots à cette fripponne de Jeannette... Tiens, voilà dix-francs... Conduis-moi.

Les deux pièces de cent-sous font une vive impression sur l'entremetteuse en sous-ordre, elle fait un mouvement comme pour s'en emparer, mais elle réfléchit, elle hésite, elle finit par retirer sa main.

— Je vous dis qu'il ne sont plus ici.

— Eh bien! je veux le voir par mes yeux. Conduis-moi au pavillon. Il n'y a pas d'inconvénient ce me semble, puisqu'il n'est plus habité.

— Je ne puis pas.

— Et pourquoi?

— Parce que... Parce que... Il est

occupé par des pratiques... Un vieux monsieur avec trois jeunes filles...

— Ils y sont toujours, pense Maurin.... allons, il faut en finir.

— Tu vois ces petits instrumens, dit-il, en appuyant le canon de ses pistolets sur la poitrine de la vieille, ils sont gentils, n'est-il pas? choisis maintenant entre deux balles à recevoir dans la poitrine et ces deux jolies pièces d'or.

— Au secours! à l'assassin! crie la vieille fille trop effrayée pour voir autre chose que la mort qui la menace.

— Silence! silence! te dis-je! un cri.. Un seul cri et... Tu meurs.

— Ils sont ici, dit la bonne dont les dents s'entrechoquaient de frayeur.

— Dans le pavillon?

— Oui.

— Ouvre-moi la porte.

— Hélas! je tremble... Je ne puis plus marcher.

— Tu n'as plus rien à craindre. Appuie-toi sur mon bras... là... Avançons maintenant.

Ils font quelques pas dans le couloir; mais la porte qui le termine s'ouvre tout-à-coup, et laisse appercevoir mademoiselle Jeannette, qui, attirée par les cris, vient voir de quoi il est question.

L'appercevoir, quitter la vieille, s'élancer à sa poursuite, est pour Maurin l'affaire d'un instant. Il court, il vole; cependant il arrive trop tard. La porte est refermée; Jeannette est hors de toute atteinte. Alors il veut revenir à la vieille

mégère, mais elle a profité de ce hasard inespéré ; elle s'est enfuie dans
la rue et il peut déjà l'entendre
applant à grands cris du secours.

Hélas! le plan du jeune homme
avait encore échoué! Il n'avait plus
qu'un parti à prendre, celui de
s'esquiver avant que les escogriffes
ne fussent accourus, avant, surtout, que les voisins qui se met-
taient déjà aux fenêtres n'eussent
fait foule autour de lui.

— Encore un revers! il est donc
dit que je ne pourrai secourir Clotilde... Il est donc écrit que je ne
pourrai pas la sauver!.. Non.. Non,
du courage , de la persévérance;
je serai enfin plus heureux....
Voyons.... Comment m'y prendre
à présent? Je trouverais tant d'ex-
pédiens pour conduire à bonne fin

une chétive amourette... Serai-je
sans imagination quand il s'agit
d'une œuvre méritoire , d'une bonne action ?... Comment faire pour
pénétrer de nouveau chez Syphilis? Maintenant l'on ne me recevra plus , même dans le couloir...
mais si , sous un déguisement...
Oui.. Oui... C'est cela... Essayons
de nous travestir.... Mais ces grands
escogriffes seront toujours là... Que
pourrai-je faire tout seul?... Bah !
je vais prendre un ami , plusieurs
amis , et , si une fois la porte s'ouvre , Clotilde sera sauvée....

Maurin ne désespérait pas faci-
cilement , comme vous le voyez ;
tout regaillardi par l'enfantement
d'un nouveau projet , il se hâte de
chercher les moyens de le mettre
à exécution.

Mais le pauvre jeune homme a beau vouloir faire vîte ; une fatalité cruelle semble se jouer de ses desseins. Il court tout Paris et rend vingt visites aux amis sur lesquels il croit pouvoir compter ; mais les uns sont absens, les autres ont des rendez-vous qu'ils ne veulent pas remettre, quelques-uns ne découchent jamais, d'autres enfin devinent qu'il y aura des dangers à courir, un ennemi à se faire et refusent gauchement sous de mauvais prétextes. A onze heures du soir, Maurin rentre chez lui sans avoir trouvé personne.

Le lendemain, cependant, il se rappelle que, dans ses courses, il a oublié un de ses meilleurs amis, M. Grivois, celui qui, au déjeuner

de Derbain avait rempli le rôle de
M. le duc de Saint-Philippe.

— Il a bon cœur, et il aime les
aventures, pense Maurin, il ne
refusera pas de me servir. Mais il
est si petit, si fluet, si faible ! à
quoi me sera-t-il bon si le danger
devient sérieux? n'importe!. Je n'ai
pas le choix... allons lui demander
son assistance.

M. Grivois s'ennuyait comme un
bienheureux; il fit un saut de joie
en voyant entrer son camarade.

— Comment donc! s'écria-t-il
quand il connut le projet auquel
il devait prendre part; comment
donc! Du bruit... Du scandale...
Une intrigue bien compliquée......
Ça me va! je suis ton homme...
Voyons.. Concertons nos mesures... Comment allons-nous opérer ?

Pendant qu'ils rêvent, qu'ils dis-
cutent, laissons-les pour revenir
chez M. Poulet.

———⬥———

CHAPITRE VIII.

BONNE NOUVELLE. — UN GRAND PROJET.

Tout était à peu près dans la
même situation, rue de Verneuil. M. Darancourt et M. Poulet, sortis dès le matin, poursui-
vaient pendant toute la journée le
cours de leurs recherches. Anatole,
maintenant membre de la famille,

les secondait de tout son pouvoir;
mais ses absences étaient moins
longues; il trouvait mille prétextes
pour rentrer à la maison vingt fois
par jour. Ursule demeurait au lo-
gis, et passer loin d'elle une heure
entière.... c'eût été trop-long, en
vérité....

La position de ce jeune homme
avait bien changé depuis une se-
maine. L'enfant abandonné avait
une famille. M. Darancourt l'avait
reconnu par acte authentique et
solennel. Le malheureux qui vivait
de pain sec était un riche rentier;
son père lui donnait cent mille écus
en mariage, et lui assurait après sa
mort son opulente succession.

Il y avait donc du bonheur dans
la maison de la rue de Verneuil;
cependant on y versait souvent

des larmes. Clotilde manquait à la félicité générale. Alors que tout le monde aurait pu être heureux, où était-elle ? que faisait-elle, la pauvre enfant ?

Ces inquiétudes, adoucies dans la journée par l'espérance d'obtenir enfin des nouvelles, devenaient plus poignantes, le soir, quand toute la famille était réunie dans le salon. Alors, il arrivait souvent que les beaux rêves d'avenir des deux fiancés étaient interrompus tout à coup par les sanglots de madame Poulet, qui songeait à sa fille absente; et bientôt toutes les pensées étaient ramenées vers la malheureuse Clotilde. Alors le sourire disparaissait bien vite; tous les yeux se mouillaient de pleurs.

Un soir, il était dix heures, toute

la famille était plongée dans un de
ces douloureux momens, lorsque
trois vigoureux coups de marteau
font retentir la porte extérieure.
Un commissionnaire est introduit,
il présente une lettre d'une écriture
inconnue, et se retire sans pouvoir
dire autre chose sinon que ce papier lui a été remis par un jeune
homme dont il ne sait ni le nom
ni la demeure.

— Voilà des nouvelles! cria-t-on
tout d'une voix.

— Ma fille! ma bonne fille !
s'écria Madame Poulet.

Alors, il fallait voir comme toutes ces figures étaient animées !
comme tous les cœurs battaient
de surprise, d'espérance, de joie !
la lettre était adressée à M. Poulet;
le vieillard voulut la lire, mais

T. 4.   7

il tremblait si fort qu'elle dansait
entre ses mains ; il fut forcé de la
remettre à Anatole Darancourt.

«Monsieur,

» Mademoiselle Clotilde , votre
« fille, est entre les mains de Victor
» Derbain. Je connais la maison
» où il la retient prisonnière ; je
» travaille à la délivrer.

« Demain soir à minuit, faites-
» vous suivre par deux hommes
» dévoués et courageux , munis-
» sez-vous d'armes, et trouvez-
» vous, rue Saint-Landry, auprès
» du mur de jardin qui sépare la
» maison n° 84 de celle n° 86.
» Un fiacre à vos ordres devra sta-
» tionner sur le quai de la Cité.
« Deux coups de sifflet annon-

« ceront votre présence à ceux que
» vous devez seconder. »

J'ai l'honneur, etc.

Signé : MAURIN.

La plus légère espérance se chan-
ge en certitude chez les imagina-
tions vives : on crut voir déjà Clotilde délivrée ; revenue innocente
et pure au milieu de sa famille.
Une joie délirante s'empara de
tous les esprits. Madame Poulet
serrait avec transport sur sa poitrine son fils et son mari ; elle couvrait de bénédictions le nom de
l'homme qui, aux dépens de sa
vie, cherchait à lui rendre sa fille.
M. Darancourt marchait à grands
pas et pleurait à chaudes-larmes.
Ursule et Anatole frappaient dans

leurs mains, criaient, riaient, pleuraient, s'embrassaient. M. Poulet, lui, chantait et dansait de telle façon, que le parquet frémissait sous le poids de ses gambades.

On avait vingt-quatre heures pour se préparer; mais le tems eût paru trop long, si on l'eût passé sans rien faire. Les pistolets furent achetés et chargés sur-le-champ; le grand sabre émoulu, le fiacre retenu; le lendemain, au point du jour, tout était prêt pour l'expédition de la nuit suivante.

Mais à mesure que le tems marchait, la confiance devenait moins grande. La veille on n'avait douté de rien, aujourd'hui l'on craignait tout. Ce Maurin, qui promettait tant de choses, était un ami de Der-

bain ... fallait-il trop se fier à ses
paroles ?... On devait avoir des armes ... il y aurait donc lutte, combat, et, par conséquent, victoire,
défaite, incertitude ..., et puis, en
admettant que Clotilde fût enfin
délivrée ... elle était depuis plusieurs jours au pouvoir d'un ravisseur ... En quel état, grand Dieu !
reviendrait-elle à ses parens !

Onze heures du soir sonnent au
milieu de ces réflexions peu rassu-
rantes. Les trois hommes se lèvent à
la fois. Alors les dames éprouvent
des inquiétudes d'un autre genre.
Les malheureux vont combattre ..,
risquer leur vie... ; les reverront-
elles bien portans ?... Hélas ! peut-
être ne les verront-elles plus !... la
séparation est douloureuse; bien
des larmes coulent, bien des baisers sont échangés.... On part ce-

pendant, on part avec résolution et courage ... et l'on arrive au lieu du rendez-vous au moment où minuit sonne sur les Tours-Notre-Dame.

Là, nos trois personnages s'arrêtent ; Anatole siffle deux fois ; puis, tous retiennent leur respiration, ils écoutent... mais rien ne se fait entendre, si ce n'est le bruit des chevaux du fiacre, qui, stationnant sur le quai, frappent le pavé de leurs fers.

— Recommencez, dit M. Darancourt.

Anatole répète le signal, il le répète une fois ... deux fois ... trois fois .... rien ... rien .... toujours rien....

— Serions-nous mystifiés ? dit-il d'une voix qui trahissait la tristesse et le découragement.

— Mystifiés !.. des hommes comme nous !.. on n'oserait pas ... dit M. Poulet en portant la main sur la poignée de son grand sabre.

— Ecoutez ... écoutez ... dit M. Darancourt.

En effet, un léger frôlement se fait entendre ; deux cordes descendent lentement dans la rue ; puis une tête d'homme apparaît sur la crête de la muraille.

— Etes-vous ici, Messieurs ?

— Oui.

— Combien êtes-vous ?

— Trois.

— Le fiacre est là ?

— Il nous attend sur le quai.

— C'est bien... faites silence et attendez.

— Je vais avec vous .... je vous

suis , Monsieur... dit Anatole en s'élançant vers la muraille.

— C'est inutile , restez-là ... c'est ce que vous pouvez faire de mieux.

— C'est bien la voix de Maurin... dit Anatole, quand le jeune homme se fut retiré.

— Brave garçon ! cria M. Poulet, qu'il me tarde de l'embrasser !... est-il noble, cet homme-là ?

— Non , Monsieur.

— Alors , je ne lui donnerai qu'une poignée de main.

Or, lecteur , voici que ce Maurin qui a un noble cœur quoique M. Poulet ne veuille plus l'embrasser, est parvenu , comme vous venez de le voir , à s'introduire dans la maison de maman Syphilis ... Cette opération a dû être fort difficile ... voyons un peu comment il s'y est pris.

Le projet conçu par Maurin, approuvé par Grivois, était cauteleux et bizarre. Il ne s'agissait pas seulement, pour l'exécuter, d'avoir du courage et du sang-froid ; il fallait encore de l'adresse, de l'esprit, et du talent comme comédien. Il ne s'agissait de rien moins que d'habiller le petit grivois en femme, et d'aller ensuite en bonne fortune avec lui chez la maman Syplilis.

Une pensée pourtant contrariait Maurin.

— Notre plan n'est pas mauvais, disait-il, cependant il doit échouer, j'en ai peur. Je suis avec la maman en état d'hostilité déclarée.... Comment me recevrait-elle dans sa

maison, même en la compagnie
d'une dame... et si elle refuse, comment ferons-nous?

— Elle ne refusera pas, que diable! est-ce que je ne suis pas là
moi? Qu'as-tu besoin de parler?...
Ce n'est pas toi qui me mènes en
bon lieu; c'est moi qui t'aurai re-
cruté; c'est moi qui serai ton
guide.... La porte s'ouvre aussi
pour les dames et je connais le signal. Hélas! Je n'ai que trop connu
la maman, pour mon malheur!

— A la bonne heure; mais elle
me reconnaîtra toujours, et alors...

— Crois-tu donc que je veuille
me masquer seul? Tu fais de moi
une aventurière; je veux faire de
toi un Jobard. Tu es un provin-
cial nouvellement débarqué, en-
tends-tu bien? Moi, qui suis gen-

tille comme tu le vois, je t'ai *fait
l'œil* dans la rue Poupée... entraîné
par l'aiguillon de la chair, tu m'as
suivie; car, il faut en convenir, je
suis bien séduisante !...Pourtant ta
vertu doit lutter contre le pouvoir
de mes charmes... tu avances, tu
recules, tu marches gauchement,
niaisement, les yeux baissés....
comprends-tu ?

— Parfaitement.

— Et puis, le costume donc !...
tu vas échanger ce castor contre
un feutre gris, gras, déformé....
Ton bel habit noir contre une redingotte faite en province et par-
tant assez large pour te servir de
manteau... Au lieu de cette élé-
gante badine prends un bon gour-
din de buisson... aie pour cravatte
un gros vilain mouchoir de cou-

leur..., chausse-toi de bottes avec
des clous gros comme des pièces de
cinquante centimes... garnis-moi
ces joues imberbes, d'une grosse et
longue paire de favoris roux mal
peignés... Et puis, suis-moi avec
confiance... Qui diable reconnaî-
trait le dandy Maurin sous ce costume hétéroclite?

Ces conseils sont trouvés excel-
lens ; on les suit avec promptitude.
Maurin, sous son déguisement, est
tout-à-fait méconnaissable. Grivois, avec un corset rembourré, une
robe à falbalas, un chapeau rose
fané, acheté sous les piliers du
Temple, a l'air d'une aventurière
parfaitement conditionnée. Il marche à petits pas, démène les han-
ches, et fait saillir la chute de ses
reins dont une *tournure* d'honnête

dimension a augmenté le volume d'une façon très-pittoresque.

Bras dessus, bras dessous, ils arrivent chez la maman. Grivois, en homme qui connait les êtres, frappe et sonne à la fois. Syphilis arrive et regarde d'un air étonné. Mais *mademoiselle Grivois* s'avance avec un front imperturbable, pendant que Maurin salue respectueusement, tourne niaisement son feutre gris entre ses doigts, et reste sur le pas de la porte, comme s'il n'eût pas su s'il devait entrer ou sortir.

— Bonjour, Madame, dit mademoiselle Grivois; je vous amène une pratique, et une bonne, allez, voyez plutôt son air cornichon.

— Mais, petite.... Qui es-tu?.. Je ne te connais pas.

— Allons donc!... Regardez-moi bien.

— Je crois bien me rappeler ta figure...; mais je ne sais pas...

— Quoi! vous ne vous rappelez pas une petite anglaise qui...

— Est-ce que tu es Anglaise?

— Je suis tout ce qu'on veut, moi.

— Je ne m'en souviens pas du tout.

—Quoi! vous avez oublié ce jour où nous vînmes huit ensemble...., Ce jour où nous cassâmes un verre à patte sur votre nez, maman... Ce jour où il y avait un petit homme pas plus grand que moi... Un petit homme qui pariait cent francs de vous prouver que vous étiez encore très-jeune....

—Tiens, pardi! si fait... je crois

bien que je me le rappelle !... mais
hélas ! continue la maman, avec un
gros soupir, on ne voulut pas tenir
son pari... C'était un petit garçon
bien gentil que ce jeune homme.

— Parbleu, je le crois bien......
dit Grivois en se rengorgeant.

— Ah ! si tu es de ses amies, tu
peux entrer, petite... tu ne peux
que me faire honneur. Si tu revois
ce jeune homme, dis lui donc qu'il
cherche quelqu'un pour tenir sa
gageure.

— Je n'y manquerai pas Madame. Nous coucherons chez vous...
Il faut une nuit tout entière à ce
grand farceur-là..... voyez donc
comme il a l'air dadais...

— Entre, entre, mon beau garçon... Je vais te donner une cham-

bre... Tu es un heureux gensard,
va !

— Enfoncée la maman, cria
Grivois en faisant une pirouette,
qui fit voler toùs ses jupons...

Une heure après, il était minuit;
les jeunes gens avaient sauté par
la fenêtre et se trouvaient dans le
jardin.

CHAPITRE IX.

—

ENFIN !

Il serait difficile de peindre le désespoir de Clotilde au moment où elle vit Maurin, son seul défen-seur, sa dernière espérance, chassé d'une façon si brutale par les grands escogriffes. Tout était perdu pour elle; elle le sentait bien. Qu'at-tendre de Derbain, de Derbain qui n'avait que des sensations et pas de

sentimens; de Derbain, qui n'a-
vait que des passions sans une âme?
Qu'espérer de Jeannette? de Jeannette, créature méchante, être dépravé, de Jeannette qui serait en-
chantée de faire descendre l'innocence à son niveau; car le vice
croit se réhabiliter en corrompant
la vertu. Non, Clotilde ne pouvait
plus compter sur personne; et son
courage était tellement épuisé
qu'elle n'osait plus compter sur
elle-même.

Pourtant elle fut moins à plaindre qu'elle ne s'y attendait. Derbain épuisé par la perte de son sang,
par les fatigues qu'il avait endurées,
chercha le repos entre ses draps.
Jeannette avait aussi quelques raisons pour désirer le sommeil; elle
étala ses grâces sur le lit de la

chambre voisine. Clotilde, couverte
à peine par un méchant peignoir,
prêté par la maman, s'arrangea
comme elle voulut sur une chaise.

Le lendemain, l'état de Derbain
avait empiré; sa blessure était plus
enflammée, plus douloureuse. Il
ne put songer qu'à la diète et au
régime.

Cela dura ainsi quelque tems, à
la grande satisfaction de Clotilde
qui n'avait à souffrir que de l'humeur, des caprices, des mauvais
traitemens de Jeannette. *Mademoiselle*, en effet, se vengeait de tout son
cœur. Elle grondait le jour et tour-
mentait la nuit, car Derbain avait
décidé que, en attendant mieux,
les jeunes filles coucheraient ensemble.

Il arrivait bien quelquefois à

Victor d'appeler Clotilde près de son lit, et de lui prendre la main avec impertinence; mais comme cela n'allait pas plus loin, la bonne et confiante Clotilde espérait qu'il était touché de repentir, et qu'il n'attendait que sa convalescence pour la rendre à ses parens.

Elle devait être bientôt désabusée.

La blessure de Derbain était fort peu de chose. Les douleurs qu'il avait éprouvées venaient plutôt de l'irritation de son sang que de la solution de continuité faite par le sabre de M. Poulet. Quelques jours de repos lui rendirent autant de force et de santé qu'il lui en fallait pour consommer le malheur de Clotilde. Toute sa passion lui revint au cœur avec un sang nouveau.. Il

causa long-tems avec Jeannette :
tous deux arrangeaient un complot
pour la prochaine nuit.

Les inquiétudes, les craintes, les
chagrins avaient, jusqu'alors, em-
pêché Clotilde de goûter un seul
instant de repos. Ce jour-là sa compagne fut aimable et bonne. Elle
accorda dans sa couche une large et
honnête part. Elle ne chercha plus
à faire de sermon, ayant pour texte
les douceurs de l'amour et la dupe-
rie de la sagesse. Le tems lui paraissait trop précieux pour le dé-
penser en paroles ; elle fit semblant
de s'endormir : Clotilde, sans dé-
fiance, s'endormit tout de bon.

Son sommeil, ce bon et délicieux
sommeil que l'en goûte si volup-
tueusement à son âge, durait depuis une heure, deux heures peut-

être ; elle était heureuse en ce moment, car elle se voyait en songe
près de sa mère qui pleurait de joie ,
près du jeune Maurin qui était
tout fier d'avoir opéré sa délivrance. Tout à coup, elle se sent
oppressée, comme par un cauche-
mar. Quelque chose de lourd pèse
sur sa poitrine. Il lui semble que
tous ses membres sont chargés de
liens. Réveillée en sursaut, elle veut
porter une main à ses yeux engour-
dis , cette main est en effet retenue
par un obstacle; elle veut se lever sur son séant; il lui est impossible d'effectuer ce mouvement.
Ne sachant encore si elle dort, si
elle veille, si elle est en proie à un
rêve pénible, ou en butte à de nouveaux malheurs, elle veut crier...
Appeler... Sa bouche est fermée

par le contact d'une autre bouche...

Un homme se précipite sur elle....

Elle a reconnu Derbain.

Jeannette, debout, immobile, auprès de là, regardait en souriant et semblait encourager de l'œil.

— Clotilde ! dit Derbain en adoucissant sa voix, tu t'es donnée à moi... Si, plus tard, un caprice d'enfant t'a portée à me repousser, j'ai incontestablement le droit de m'emparer, même par la force, d'une chose qui est devenue mon bien..... Cependant, Clotilde... C'est avec répugnance que j'ai recours à de pareilles mesures. Pourquoi ne dois-je donc pas à ton cœur tout seul la possession de ta ravissante personne !... Écoute, Clotilde ! tu le vois... Tu ne peux plus m'échapper ; consens de bonne

grâce à ce que tes refus ne sauraient
empêcher.... Tu m'aimais, Clotilde ! et maintenant.... Maintenant... dis-le moi, Clotilde... Ne
m'aimes-tu donc plus du tout?

Des paroles d'amour dans une
bouche pareille !... Au milieu de
cette scène de brutalité!.. quoi ! Clotilde, l'innocente enfant... Clotilde pourrait aimer encore le monstre sans pitié, sans entrailles, sans
honneur, qui, pour satisfaire une
passion toute animale, n'hésite devant aucun moyen, emploie presque sans scrupule le crime et la
violence!... Ah! cette idée seule
soulevait son cœur de dégoût!..

Mais la pauvre petite a acquis
bien de l'expérience en peu de
tems.... Son esprit a mûri bien
vite... Elle sent qu'il ne faut pas

irriter la bête féroce tant que l'on est à sa portée.

— Victor! dit-elle en faisant un violent effort de volonté, je vous aimais autrefois ; mais alors vous étiez aimable... Rendez-vous justice , Monsieur.... Aujourd'hui , peut-on vous aimer... ?

— Eh! n'est-ce pas toi qui me force à ces procédés dont tu te plains!... Douce et timide , tu m'aurais trouvé aimant et soumis.

— Bavard! dit Jeannette à demi-voix, c'est bien de cela qu'il s'agit.

— Victor! je ne crois pas que votre cœur soit aussi méchant que vos actions... De mauvais conseils vous égarent.... Pourquoi faut-il donc que Jeannette soit toujours en tiers avec nous?

—— Jeannette... Laissez - nous

seuls, dit Derbain d'un ton d'auto-
rité.

— Tous les hommes sont des im-
bécilles! entendez-vous M. Derbain.... Si vous la manquez encore,
tant pis pour vous!

— Vous m'avez entendu?...
Sortez.

— O mon Dieu! tout comme il
vous plaîra! Mais de la manière
dont vous vous y prenez, vous me
rappellerez dans un quart d'heure.

— Tu le vois, Clotilde... dit
Derbain, seul enfin avec celle qu'il
aime, tu n'as qu'un mot à dire...
Tes volontés sont des lois.

— Oui, dit-elle en affectant de
sourire, l'on m'obéit encore quoique je sois une reine dans les fers.

— Ces liens sont moins pesans
que ceux dont tu m'as chargé!...

D'ailleurs, tu le sais bien, tu n'as qu'un mot à dire pour en être débarrassée.

— Et ce mot, c'est....

— Je t'aime.

— Ce mot-là, Monsieur, quand il est arraché par la violence est toujours démenti par le cœur.

— Il était si doux dans ta bouche, il y a peu de jours !

— Alors, Monsieur, je n'étais pas enchaînée.

— Au diable donc ces maudites jarretières ! dit Derbain en les dénouant avec précipitation. Vois-tu enfin quel est ton empire.....? Ces liens ne devaient tomber que quand tu serais à moi tout entière.... Tu dis un mot, et, pour te plaire, je m'expose à des caprices, à de nouveaux refus...

—. Eh bien! mademoiselle! où allez-vous donc? demanda Derbain qui se repnetait déjà de son mouvement chevaleresque.

— Sur ce fauteuil, Monsieur... J'y serai plus convenablement placée pour vous entendre.

— Clotilde! maintenant... M'aimes-tu?

— Croyez-vous, Monsieur, que je sois libre de vous dire ma pensée tout entière par cela seul que je puis me mouvoir dans cette chambre?... Je suis en votre puissance, Monsieur... Vous pouvez me punir de mon silence... Eh bien punissez-moi... Je ne parlerai pas.

— Clotilde! prenez garde... n'excitez pas trop ma colère... Elle est impétueuse comme mon amour.

— Ramenez-moi chez mes parens, Victor ; et là, quand vous
aurez réparé vos offenses.... Quand
vous aurez expié vos torts.... Peut-
être.....

— Voilà un projet très-sage, en
vérité ! sur la foi *d'un peut-être*,
je vais vous remettre en des mains
ennemies... Et là... vous jouant
de mon amour, comme vous l'avez
déjà fait, vous me congédierez à
votre aise, en riant de ma crédulité... Non... non.., Mademoiselle..., il n'en sera pas ainsi... J'ai
voulu être doux et complaisant...,
mais cela m'a trop mal réussi... Ne
vous en prenez qu'à vous-même si j'ai
recours à des moyens plus énergi-
ques.

— Victor ! laissez-moi!... Ne
me touchez pas ! Monsieur ! ô Mon-

sieur.... de grâce... finissez!.. Voulez-vous donc vous faire haïr?

— Oui, ta haine plutôt que ta
froideur! Hélas! mes moyens sont
odieux, Clotilde; je me blâme
tout haut de m'en servir; mais
je les emploierai, Clotilde ......;
car, vois-tu bien ..., si j'ai affecté
quelquefois de la froideur, des dé-
dains, je t'aime pourtant, je t'aime comme je n'aimai jamais ....
comme on n'aimera jamais peut-
être ... Oui Clotilde ... , oui ..., je
suis sincère en ce moment ... je t'a-
dore ....; s'il faut un crime pour
t'obtenir, eh bien! je le commet-
trai ce crime ... viens Clotilde ....,
viens dans mes bras ..., viens sur
mon cœur .... viens, que cette
bouche avide de tes caresses t'i-
nonde de baisers.

La pauvre Clotilde était épou-
vantée d'un amour qui s'exprimait
ainsi. Elle reculait à chaque instant. Mais Derbain finit par l'atteindre et par envelopper de ses
deux bras.

— Victo! di...lle en se déga-
geant par un effort désespéré, Victor! j'ai un dernier mot à vous
dire...; vous pouvez me vaincre,
car je ne suis qu'une femme sans
force..., mais alors, vous aurez
ma mort à vous reprocher...; je ne
ferai pas rougir mon vieux père...,
je ne vivrai pas déshonorée.

— Ta mort! moi, causer la des-
truction du chef-d'œuvre de la créa-
tion!... non, Clotilde, non, tu ne
mourras pas...; le déshonneur!...
écoute..., je hais le mariage..., eh
bien! voissi je t'aime.., aime-moi..,

sois à moi, Clotilde et dans vingt jours je te conduis à l'autel, dans vingt jours tout sera réparé, car tu seras mon épouse.

En ce moment critique, Clotilde oublia la prudence qui l'avait préservée jusque là ; sa physionomie exprima la répugnance, le dégoût, l'horreur ...

— Jamais !... jamais ! s'écria-t-elle ...

— Eh bien ! c'est donc toi qui l'aura voulu ....; celle qui ne veut pas être ma femme sera ma concubine.

Alors il y eut une lutte acharnée, terrible, épouvantable, entre le faible enfant et le vigoureux jeune homme. La lampe renversée s'éteignit. Au milieu des ténèbres, on entendait le choc de

deux corps qni se heurtaient contre des meubles , se meurtrissaient
sur le parquet ; et deux voix , deux
voix entrecoupées , aigues , stri-
dentes , qui criaient et qui râ-
laient.

C'était à vous faire dresser les
cheveux sur la tête..., c'était à vous
glacer d'horreur !..

Jeannette , cachée derrière la
porte, n'avait pas perdu un mot de
cette scène ; elle entra comme une
furie en portant de la lumière.

— Attendez, M. Derbain , attendez, cria-t-elle je vais vous la
tenir...

Mais , par la porte qu'elle vient
d'ouvrir, entrent tout à coup deux
personnages que l'on n'attendait
pas, deux personnages qui, comme
elle, avaient tout entendu.

— Scélérats!... scélérats tous deux! dirent-ils d'une voix tonnante.

Et, renversant Mademoiselle Jeannette sur le parquet, ils posent deux pistolets sur la poitrine de Derbain.

— Un geste... un mouvement..., un cri... et vous êtes morts tous deux, dirent-ils.

— Clotilde! ne craignez rien... c'est un ami..., un libérateur..., dit Maurin en faisant voler à dix pas le feutre gris et les favoris roux..., vos parens vous attendent..., venez..., venez..., suivez-nous.

— O mon Dieu! sois à jamais béni! s'écria la pauvre petite.

— Grivois..., continue Maurin, conduis-la vers notre échelle..., je contiendrai, moi, ces deux

monstres... avertis-moi par un signal quand tu seras dans la rue.

Grivois s'empare lestement de
la main de Clotilde, s'élance en
courant dans le jardin, et parvient au bas de la muraille qui le
sépare de M. Poulet; une échelle
de corde y est appliquée, mais
elle est si perpendiculaire que
Clotilde doit éprouver de grandes
difficultés, pour la gravir. Grivois
monte le premier, tend la main à
la jeune fille; puis quand il l'a his-
sée sur le mur, il saute lestement
dans la rue pour l'aider encore
dans sa descente.

Mais M. Poulet ne lui en laisse
pas le tems; à peine aperçoit-il une
robe de femme flotter dans l'obscu-
rité, que, sans en demander da-
vantage, il s'élance tout éperdu

et saisit la robe et le corps qu'elle recouvre.

— Ma fille ! ma bonne fille ! s'écrie-t-il ; et, égaré par la joie, il l'emporte rapidement dans le fiacre et part au galop pour la rue de Verneuil ; sans s'inquiéter des cris que l'on pousse à ses oreilles, sans songer aux amis qu'il laisse à pied dans la rue.

— Ma femme !... Louise !... l a voici... c'est Clotilde... c'est moi, moi qui l'ai délivrée..., dit-il de sa grosse voix à partir du pied de l'escalier de sa maison.

Madame Poulet s'élance aussitôt dans les bras de la personne que son mari porte toujours.

— Clotilde ! mon enfant !.., ma bien-aimée !.., dit-elle en la couvrant de baisers.

— Hélas! madame... dit une
voix mâle, laissez-moi respirer,
j'étouffe...

— Tremblement du ciel! que
veut dire ceci? demanda M. Poulet
en portant la main sur son grand
sabre.

— Ce n'est pas ma fille, dit Madame Poulet avec consternation.

— Hélas! non Madame, je ne
suis pas une femelle... pour mon
malheur!. .; mais votre mari s'est
obstiné, malgré mes cris, à me
prendre pour une vierge... que
vouliez-vous que je fisse? Je me suis
risqué... se voir enlever c'est si
drôle! C'est la première fois que
cela m'arrive, parole d'honneur!

— Mais ma fille!.. où est donc
ma fille? mon dieu!

— Rassurez-vous, Madame, je

serais moins gai si elle courait
encore quelques risques.., mon
ami vous la ramenera dans un
instant.

M. Grivois en parlait, lui, fort
à son aise..; les choses, pourtant,
ne devaient pas se terminer aussi
facilement qu'il le disait. Pendant
qu'il se laissait enlever et caresser
par M. Poulet, dans un bon fiacre,
Clotilde demeurait perchée, comme
un pierrot, sur le haut de la muraille.

— M. Maurin! M. Maurin!
criait-elle à demi-voix.

— Qui appelle? demande Anatole qui croit sa sœur délivrée,
mais qui n'a pas voulu partir sans
Maurin qui peut courir quelque
danger.

—Hélas! Monsieur, c'est moi.. je suis Clotilde.

—Clotilde! vous ici...? tandis que votre père...; attendez..., mettez vos pieds sur mon épaule..., là... doucement...

Clotilde obéit ; mais au moment où son petit pied va atteindre l'épaule du jeune homme, des cris, des cris aigus, perçans, sauvages, se font entendre dans le jardin.

Derbain, dans le premier moment de terreur, était demeuré anéanti sous le canon du pistolet ; mais, quand son esprit, revenu dans son assiette lui laissa voir qu'on lui enlevait Clotilde, cette Clotilde qu'il adorait, cette femme pour laquelle il s'était déshonoré, qu'on la lui enlevait pour toujours, il rugit comme un lion et, sans

trembler devant le pistolet qui menaçait sa poitrine, il s'élança sur
Maurin.

— Traître! cria-t-il, tues-moi
donc si tu l'oses..., tu ne l'auras
qu'avec ma vie...

— Vous assassiner! moi... dit
Maurin, votre victime est sauvée
maintenant; cela devient inutile...,
adieu...

— Non..., non..., ma vie ou la
tienne, Clotilde ou la mort... Non,
je te tiens; non, tu ne partiras pas..;
il me la faut..., je veux que tu me
la rendes.

— Vous êtes fou, Derbain!..

— Vous êtes lâche..., Maurin!..
Il y a deux jours vous vouliez vous
battre..., eh bien! le moment est
venu..., battons-nous donc maintenant... Oh! si je pouvais l'immo-

ler... me ruer, me baigner dans
son sang !

— A mon tour, je diffère,
Monsieur..., nous nous battrons
quand vous serez plus calme...

— Ah! tu le crois ainsi, dit Derbain en s'élançant comme un furieux sur un des pistolets qu'il ar-
rache, eh bien! défends-toi donc
maintenant... défends-toi car je
fais feu.

— Vous le voulez! dit Maurin
d'une voix si forte qu'Anatole,
d'Arancourt, et Clotilde purent
l'entendre de la rue. Eh bien!
Monsieur, reculons chacun de
notre côté, après dix pas nous ti-
rerons ensemble.

Un moment de silence succéda à
ces paroles, puis deux coups de feu
retentirent à la fois.

4.   8 *

Tout se tut dans le jardin.

— O mon Dieu ! mon dieu ! dit Clotilde, ce Derbain et si méchant... ah ! sauvez...; sauvez mon libérateur...

— Emmenez Clotilde, dit Anatole à Monsieur Darancourt; je vais voir ce qui se passe là-dedans...

Leste, agile, courageux, il avait franchi la muraille avant d'avoir fini sa phrase. Un terrible spectacle l'attendait dans le jardin. Deux hommes, deux hommes blessés, sans mouvement, presque sans vie, étaient étendus sur la terre.

— Grivois! Grivois !... Clotilde est-elle sauvée ?

— Elle est en sûreté. Mais vous, Maurin, vous, son libérateur...

— Merci, Anatole! merci pour

cette bonne nouvelle.... Que je
meure maintenant, s'il le faut...
mon rôle est rempli dans ce monde...
Dieu m'accueillera dans le ciel , car
j'ai fait une bonne action... J'ai
sauvé un de ses anges.

CONCLUSION.

Un mois après la scène qui termine notre dernier chapitre, quatre jeunes gensde différens sexes étaient réunis dans le salon de M. Poulet. Ursule et Anatole Darancourt, assis l'un près de l'autre, causaient vivement et d'une voix mystérieuse et basse, sans doute parce que cette manière de causer exige que l'on soit très-rapproché. Il y avait dans

leurs yeux cette ardeur, cet éclat,
cette langueur, qui trahissent une
passion vive et profonde. Leurs
mains se serraient quelquefois en
cachette; quelquefois encore Anatole risquait un baiser sur une
joue pudique; mais alors Ursule
rougissait et portait des regards
timides et honteux sur le second
couple qui se tenait assis dans l'an-
gle le plus reculé du salon.

Là était notre héroïne, la jolie,
la douce Clotilde. Un jeune homme,
placé près d'elle, répétait, à peu
de chose près, les mêmes gestes,
les mêmes attitudes que ceux dont
nous venons de parler. Lui aussi
paraissait aimer vivement, et Clotilde semblait aimer aussi, car ses
grands yeux pétillaient de tendresse et de bonheur.

Or, ce jeune homme, ce jeune homme si amoureux, ce jeune homme dont, sans aucun doute, lecteurs, vous désirez savoir le nom, n'était autre que notre ancienne connaissance, Jules Maurin, le libérateur de Clotilde.

Ceux qui connaissent la nécessité des événemens dans un livre, savent bien qu'il ne pouvait pas mourir. Sa blessure avait été profonde ; mais enlevé par Anatole, transporté chez M. Poulet, parce que le tems pressait et que Grivois n'était pas là pour donner son adresse, il s'y était rétabli tout doucement.

Mais si la blessure du corps était radicalement guérie, le cœur était atteint d'une maladie presqu'incurable. Clotilde devait ses soins

au jeune homme qui l'avait sauvée : elle l'avait traité comme
un frère. Maurin s'aperçut bientôt qu'il aimait beaucoup trop sa
petite sœur.

Les parens devinaient bien à peu
près ce qui se passait entre les jeunes
gens; mais ils sont dissimulés quelquefois, ces grands parens! Ils sur-
veillaient exactement, laissaient
aller les choses leur petit bon-
homme de chemin, et avaient l'air
calmes et insoucians comme s'ils
ne s'apercevaient de rien.

Cependant, il faudra bien que
tout cela finisse. Mais avant de
vous parler de leurs dispositions
ultérieures, il me semble conve-
nable de me débarrasser de mes
personnages secondaires. Écoutez
donc :

Derbain fut promptement guéri de sa blessure. Pour se consoler de la perte de Clotilde, il voulut reprendre son ancien genre de vie et faire de nouvelles dettes ; mais il y avait à cela un inconvénient... La succession de l'oncle n'était plus là pour garantir les créanciers ; de doux et patiens qu'ils étaient, ils devinrent féroces. Un beau matin ils vendirent les meubles de leur débiteur, et le laissèrent ruiné, sans amis, sans ressources, au beau milieu de la rue.

Alors Derbain prit son parti en brave ; il s'enrôla dans l'armée de don Pédro. Un boulet de don Miguel rétablit sa fortune... Il l'étendit mort devant Porto.

Mademoiselle Jeannette, toujours aimable et complaisante, vé-

cut deux mois très-familièrement
avec Derbain. Celui-ci, pressé d'a-
voir de l'argent, la vendit 25 louis
à un Anglais, qui la garda six semaines et la revendit 200 francs.
Le nouvel acquéreur l'adora huit
jours, et la céda avec perte au
commencement du neuvième.

Aujourd'hui, cette respectable
personne se promène tous les soirs,
place de la Bourse, où elle se vend
elle-même pour une pièce de cent
sous.

On l'attend, sous peu de jours,
aux Capucins.

On ne sait pas si elle y trouvera
son prince.

Grivois, las de fredaines et de
la vie de garçon, a épousé une
jolie petite femme qui lui fait ca-
deau d'un bel enfant tous les dix

4   9 *

mois. Il crie partout qu'il est le plus heureux des hommes.

Cela est d'autant plus croyable que l'on prétend qu'il est cocu.

Maman Syphilis a gagné vingt mille francs de rente, et vit noblement et dévotement dans ses terres. Elle est l'amie intime de M. le curé.

Quant à nos principaux personnages, disons en peu de mots ce qu'il advint de leurs amours.

Un beau matin, Maurin qui avait fait de jolis rêves, alla tomber aux genoux de madame Poulet, et lui demanda sa fille. Cette dame sourit, embrassa le jeune homme et fixa les deux mariages à six semaines de là.

Ce grand délai, semé d'amour et d'impatience s'écoula à la fin ;

on arriva sans trop souffrir à la
veille du grand jour.

Après une nuit qui dura qua-
rante-huit heures aux futurs im-
patiens, un soleil éclatant se leva
pour éclairer des gens heureux.

Tout se passa parfaitement.

Dès sept heures du matin, M.
Poulet était coiffé d'une perruque
neuve, et portait un vrai chapeau
sous le bras.

M. Darancourt, après la béné-
diction nuptiale, embrassa son
fils et sa bru et partit pour la Bre-
tagne. Le voisinage de Louise était
encore dangereux pour lui ; il ne
voulait pas d'ailleurs porter om-
brage au jaloux M. Poulet, qui,
de tems en tems, jetait les yeux sur
son grand sabre.

Un bal superbe aux Vendangesde Bourgogne, termina gaîmen la soirée.

Des mémoires dignes de foi racontent qu'à deux heures très-précises du matin *la jolie fille de Paris* n'existait plus.

Madame Jules Maurin se porte bien.

Chaque lecteur sera prévenu, individuellement, du prochain baptême, par de lettres de faire part.

FIN.

www.ingramcontent.com/pod-product-compliance
Lightning Source LLC
Chambersburg PA
CBHW051832020726
47502CB00005B/1753